a Library

百鬼園百物語

平凡社ライブラリー

Heibonsha Library

百鬼園百物語

百間怪異小品集

内田百間著
東雅夫編

平凡社

本書は平凡社ライブラリー・オリジナル編集です。

目次

百鬼園日記帖　二十三（大正六年九月二十四日の八）

子供に神秘的な恐怖を教えたい。その為に子供が臆病になっても構わない。臆病と云う事は不徳ではない。のみならず場合によれば野人の勇敢よりも遥かに尊い道徳である。暗い森を見てその中にいる毛物を退治しようと思う子供よりも、この暗い森の中にどんな恐いものが住んでいるだろうと感ずる子供の方が偉い人間になる。狐の話、狸の話、四つ辻のお化《ばけ》、雷様の太鼓は凡《すべ》て子供の心を深くし広くする大事な養いである。子供に科学は彼等をアルトクルークな文明人に又は野蛮な勇士にする点に於いてどちらから云っても最も禁物である。

冥途

高い、大きな、暗い土手が、何処から何処へ行くのか解らない、静かに、冷たく、夜の中を走っている。その土手の下に、小屋掛けの一ぜんめし屋が一軒あった。カンテラの光りが土手の黒い腹にうるんだ様な暈《かさ》を浮かしている。私は、一ぜんめし屋の白ら白らした腰掛に、腰を掛けていた。何も食ってはいなかった。ただ何となく、人のなつかしさが身に沁むような心持でいた。卓子《テーブル》の上にはなんにも乗っていない。淋しい板の光りが私の顔を冷たくする。

私の隣りの腰掛に、四五人一連れの客が、何か食っていた。沈んだような声で、面白そうに話しあって、時時静かに笑った。その中の一人がこんな事を云った。

「提燈をともして、お迎えをたてると云う程でもなし、なし」

私はそれを空耳で聞いた。何の事だか解らないのだけれども、何故だか気にかかって、聞き流してしまえないから考えていた。するとその内に、私はふと腹がたって来た。私のことを云ったのらしい。振り向いてその男の方を見ようとしたけれども、どれが云ったのだかぼんやりしていて解らない。その時に、外の声がまたこう云った。大きな、響きのない声であった。

「まあ仕方がない。あんなになるのも、こちらの所為《せい》だ」

その声を聞いてから、また暫らくぼんやりしていた。すると私は、俄《にわか》にほろりとして来て、涙が流れた。何という事もなく、ただ、今の自分が悲しくて堪《たま》らない。けれども私はつい思い出せそうな気がしながら、その悲しみの源を忘れている。

それから暫らくして、私は酢のかかった人参葉を食い、どろどろした自然生《じねんじょう》の汁を飲んだ。隣の一連れもまた外の事を何だかいろいろ話し合っている。そうして時時静かに笑う。さっき大きな声をした人は五十余りの年寄りである。その人丈《だけ》が私の目に、影絵の様に映っていて、頻《しき》りに手真似などをして、連れの人に話しかけているのが見える。けれども、そこに見えていながら、その様子が私には、はっきりしない。話している事もよく解らない。さっき何か云った時の様には聞こえない。

時時土手の上を通るものがある。時をさした様に来て、じきに行ってしまう。その時は、非常に淋しい影を射して身動きも出来ない。みんな黙ってしまって、隣りの連れは抱き合う様に、身を寄せている。私は、一人だから、手を組み合わせ、足を竦《すく》めて、じっとしている。通ってしまうと、隣りにまた、ぽつりぽつりと話し出す。けれども、矢張《やは》り、私には、様子も言葉もはっきりしない。しかし、しっとりした、しめやかな団欒を私は羨ましく思う。

私の前に、障子が裏を向けて、閉《た》ててある。その障子の紙を、羽根の撚《よ》れた様になって飛べないらしい蜂が、一匹、かさかさ、かさかさと上って行く。その蜂だけが、私には、外の物よりも非常にはっきりと見えた。

隣りの一連れも、蜂を見たらしい。さっきの人が、蜂がいると云った。その声も、私には、はっきり聞こえた。それから、こんな事を云った。

「それは、それは、大きな蜂だった。熊ん蜂というのだろう。この親指ぐらいもあった」

そう云って、その人が親指をたてた。その親指が、また、はっきりと私に見えた。何だか見覚えのある様ななつかしさが、心の底から湧き出して、じっと見ている内に涙がにじんだ。

「ビードロの筒に入れて紙で目ばりをすると、蜂が筒の中を、上ったり下りたりして唸る度《たび》に、目張りの紙が、オルガンの様に鳴った」

その声が次第に、はっきりして来るにつれて、私は何とも知れずなつかしさに堪えなくなった。私は何物かにもたれ掛かる様な心で、その声を聞いていた。すると、その人が、またこう云った。

「それから己《おれ》の机にのせて眺めながら考えていると、子供が来て、くれくれとせがんだ。強情な子でね、云い出したら聞かない。己はつい腹を立てた。ビードロの筒を持って縁側へ出たら庭石に日が照っていた」

私は、日のあたっている舟の形をした庭石を、まざまざと見る様な気がした。

「石で微塵に毀《こわ》れて、蜂が、その中から、浮き上がるように出て来た。ああ、その蜂は逃げてしまったよ。大きな蜂だった。ほんとに大きな蜂だった」

「お父様」と私は泣きながら呼んだ。

けれども私の声は向うへ通じなかったらしい。みんなが静かに起《た》ち上がって、外へ出て行った。

「そうだ、矢っ張りそうだ」と思って、私はその後を追おうとした。けれどもその一連れは、もうそのあたりに居なかった。

そこいらを、うろうろ探している内に、その連れの立つ時、「そろそろまた行こうか」と云った父らしい人の声が、私の耳に浮いて出た。私は、その声を、もうさっきに聞いていたのである。

月も星も見えない、空明りさえない暗闇の中に、土手の上だけ、ぼうと薄白い明りが流れている。さっきの一連れが、何時の間にか土手に上って、その白んだ中を、ぼんやりした尾を引く様に行くのが見えた。私は、その中の父を、今一目見ようとしたけれども、もう四五人の姿がうるんだ様に溶け合っていて、どれが父だか、解らなかった。

私は涙のこぼれ落ちる目を伏せた。黒い土手の腹に、私の姿がカンテラの光りの影になって大きく映っている。私はその影を眺めながら、長い間泣いていた。それから土手を後にして、暗い畑の道へ帰って来た。

夜道

足がすくむ程恐ろしかった事が三遍ある。三度とも若い時の経験である。

第一は父のなくなる前の晩で、その時私は十七であった。父は脚気《かっけ》を病んで郷里の町から一里許《ばか》り離れた峠の中腹にある山寺に転地していた。段段に容態が悪くなり本復は六《む》ずかしい様に思われ出した。その晩も附添いの者の看護ばかりでは過ごされない様であったから私が町中の主治医を呼びに行く事になった。父にそう命じられたのであったと思う。すぐに馳《か》け出すつもりで山寺の玄関を一足外に踏み出した途端にぞっとこわくなって、足が竦《すく》んでしまった。庭先の闇に何本も突っ起《た》った大きな杉の木が暗い地面から暗い空へつながっている。暗い空は低い所まで降りているらしいが仰向いてそっちを見るのもこわい。何がどうしたのか解らないけれど一足も前に出る事が出来なかった。

私は一人子であり又父思いであったから早くお医者の許《もと》へ行きたいと云う気持はあったに違いないが、何だか解らぬものに前を遮られて到頭《とうとう》その大事なお使が出来なかった。

第二は高等学校の一年生の春休みで二十一の時である。その前年の秋に私は医者から肺ジストマだと云われて薬をのみ養生をしたが、その診断は間違いだったので実は何でもなかった。ところが祖母が非常に心配して平生から信仰するお大師様にお願をかけたからそのお礼詣りに行けと云い出した。何でもなかったのだからお大師様のお蔭と云う事もないと私が云うと、何でもなかったのがお大師様のお蔭だと祖母が云ってきかない。時候はいいし一週間許りの一人旅も面白そうだと思ったから祖母の云う通りに従う事にした。

それで私は備前の児嶋半島の三十三ヶ所に遍路詣りをする事になった。袴をはき白線の帽子をかぶった生徒姿のお遍路であるが、しかしその間私は精進を守り宿屋に泊まっても魚を食べなかった。普通一週間と云う事になっているそうだが、ふらりふらりと歩いたのと又雨の日もあったりして私は十日目に家に帰って来た。

丁度その真中時分のある日の夕方、北の方から南に向かって暮れかかった山路を歩いていた。たしか瑜珈《ゆが》の町に泊まる予定の日であったと思う。歩いている内に段段辺りが暗くなりかかって来たが、特に自分の通り過ぎたうしろの方から暮色が追っ掛けて来る気がした。しかし向かって行く南の方の空はまだ明かるく、海は見えないけれども瀬戸内海の海波の色が空に映っている様に思われた。

山路がなだらかな登りになって、少し先にその一番高い所が見えている。そこから先の道の様子は解らないが、もう瑜珈の町は余り遠くないだろうと思われた。歩いている内に向うの空の明かりが薄らいで、ただ白い色に見え出した。足もとが暗くなり、ただその白い空の色を頼りに歩いていると、右手に低い雑木の茂みのある所を通り過ぎようとした時、不意に何だか私のすぐ後からついて来る者があって、それに気がついた時の恐ろしさは後を振り向く事も出来ない。立ち竦みそうになる足を無理に運んでやっと向うの道の小高くなった所まで辿りつき、そこから先は道が降《くだ》りになっているので一生懸命に馳け出した。走ると後からついて来るものは一層私に近くなる様であった。だから走るのを止めようと思っても、それはこわくて到底出来ない。仕舞いには夢中になってやっと町中に馳け込み宿屋の土間へ一足這入《はい》ったら、うしろから来たこわいものはさっと離れてしまった。

私は面白半分に遍路をしたのであってお大師様の信仰などと云うものは毛頭なかったが、祖母から云いつかった通りに札所札所のお詣りは欠かさずにやって来たばかりである。ところが後になってから聞くと、私の様な経験は遍路詣りをする者がだれも必ず一度はする事であって、その後から来るのがお大師様だと云った。何を馬鹿なと思いながら、しかしそれを聞かされた時はその山路の恐ろしさをもう一度繰り返した様な気がした。

三遍目の恐ろしさは茅ヶ崎の夜道である。もう学校を出た後であるが未だ三十にはなっていなかったと思う。友達の山辺が松林の中の下宿屋に療養生活をしているのを見舞った帰りの事である。山辺と山辺の許婚《いいなずけ》のおあいさんと三人で鳥鍋をつっつき私は麦酒《ビール》を飲んで好い機嫌になった。庭先までおあいさんが送って出た。提燈をさげて農家の点在する折れ曲がった道を歩いて片側に低い石崖のある所まで来るとぶるっと水をかぶった様な気がした。それから先の恐ろしさは前の二つの場合とはまた趣が違う。しかしその時の事は旧稿「櫛風沐雨《しっぷうもくう》」の中に記しているので重複する所は省くけれど、茅ヶ崎の駅の近くの人家の燈りに辿りつくまで、その間の夜道をどうして馳け抜けたか解らなかった。

山辺は何十年の闘病生活の間いつも病気に勝っていたが今度の戦争で自分の立ち場が不利になった。簡単に云えばもっと栄養を摂る事が出来たらまだまだ病気に負ける筈《はず》はなかった。到頭今年の五月二十九日、私の誕生日の夕方に京都で亡くなったが、その知らせの電報を受けた時、いきなり三十年昔の茅ヶ崎の夜道の事が記憶に甦《よみがえ》った。あの時は山辺の死神が低い石崖の道まで来ていたのを、私が背負って途中で振り落としたのだと云う事を、死んだ山辺の事を思い出す度《たび》に本気に考える。

百鬼園日記帖　二十八（大正六年九月二十七日）

此頃自然を憧憬する心が蘇《よみがえ》って来た。きりごの声程私の心に秋意をそそるものはない。どこかへ旅行したい。三日か一週間ぐらい、音のしない、空の見える、風の吹かない宿屋の離れか二階座敷に暮らし度《た》い。そうして私は昼も夜も静かに此帖を書き度い。「久吉に与う」「お父さんの俤《おもかげ》を見る」「仏心寺の玄関の死神」「石ノ巻の芸者」などが書き度い。又町子への遺言も書き度い。町子が先に死ぬる運命なら夫迄《それまで》である。遺書は後事をたのみ彼女を慰めるためのと、それはただの慣習的のものでなくてもいい、それと更に書いて置き度い私の心の秘奥とである。それから私のギタセクスアリスも書いて置き度い様に思ったけれどもこれはそんなに価値ある事ではないかも知れない、そうして殆ど不愉快過ぎる程不愉快な事であろう。寧《むし》ろ私のライフオヴポエトリを書く方が有意味であろう。

遺書を書くという事は私の此頃の願である。そうしたらもしチブスなどにかかった時（私は何故かこの病気が怖い）又は其他の重病を病む時にどんなに心静かに私の運命を迎えることが出来るだろうと思う。不祥な事は承知している。しかし私に去年以来絶えず死の不安が影の如くについて来た事も事実である。そうして近来はいくらか又健康が恢復するにつれて、（もとから、死の不安の最中でも、私の「健康」は損なわれていなかったかも知れないけれど、其健康を私の心は認識しなくなっていた）、死の不安がいくらかの惰性に引き摺られている意識を生じ、習慣性を帯びて来、落ちつきが出来、余裕が出来、再現の欲望を生じて遺書が書いて置き度くなった。その不祥なる遺書が役にたつのも運命であり、無用の徒事に帰して十年二十年後、結婚後の何十年の心祝でもする時の妻への贈り物になるのも運命である。どちらでもいい。ただ書き度い。そうして序《ついで》の事に此の曖昧《あいまい》なる死の「不安」をすてたい。私の芸術的衝動を充たす為と、右の意味の遺書との為に旅行して、書き度い事を書き度い。秋、私の心が詩の水底に沈んでいる時旅行がしたい。静かに自然の姿を眺めたい。（九月二十七日夜）

三代

私は今年の春、二十四になる息子を死なしたが、その当座は机に坐って、窓を眺めているにも堪えない気持がした。しかし月日がたって考えると、そう云う事は世間にいくらもある話であって、私一人が大変な事の様に考えたのは我儘《わがまま》であったと思う。息子が死ぬと云う事は珍らしい事ではないけれど、ただそう云う場合に自分が親として生きているのがつらいのである。その順序さえ間違わなければ、若い者が死ぬのは可哀想だとしても、後になって寿命が長かったか短かったかを考えつめて見ても仕方がない。

私の父は私が中学を出る前に亡くなって、私は一人息子であったから、親を失った気持を私一人で味わった事になる。それから一二年後に、はっきりした事は覚えていないが、時候のいい春の宵であったと思う、もといた自分の家の筋向いに、よその貸家を借りて、私と母と祖母と三人で住んでいた時、そこの二階でうたたねをしていると、表の格子の開く音がして、薄色の間著《あいぎ》の二重廻しを著た父が帰って来た。

「お父さんが帰った」とはっきりそう思って、二階に寝たまま、下の土間に下駄を脱いで座敷に上がって来る父の姿をありありと見た。その続きにひとりでに目が覚めて、別に驚きもしなかったが、夢だと云う事が解っても、少しは本当の様な気持もした。自分が今下に降りて行きさえしなければ、父は下の座敷にいると思う事が出来る、そんな気がして、私はいつまでも畳の目を拾いながら、今見たばかりの父の俤《おもかげ》を逃がすまいとした。

不思議な事には三十年後の今でも、私の記憶に残っている父の顔は、その時夢現《ゆめうつつ》の間に見た顔が一番はっきりしている。生きている時のは色色の折にふれても違っているし、赤ん坊の私が父の顔を覚える様になってから、父が死ぬまでの間には父の顔も変わっているであろう、又その顔を見る私の方も、赤ん坊から一人前の若者になりかけるまで、段段にちがって来る気持で父の顔を見ていたであろうと思うから、後になって父の顔を思い出そうとする時、どの辺りを捉えたらいいのか、却《かえ》って曖昧ではっきりしない。死んだ後で現の様に見た夢の中の顔が、私の一生涯、父の顔として私の記憶に残るらしいのである。

父は四十五で死んだから、私は既にこの三年間、父の経験しなかった年齢を経験している。

私の友達が私の不摂生を戒めて、君はそんな無茶な事ばかりしていると、四十五になったら死ぬぞ、君のお父さんは四十五で亡くなられたではないかと云ったのが耳に残って、四十五になった年には何となく死にそうな気持がした。晩夏の一日、今日は父の命日だなと思った日が過ぎて、その翌《あ》くる日が明けると、今日からは父の知らなかった日であると思うのが、非常に珍らしい様な気がした。

それから三年たっているが、これから先どの位続くか私には解らないけれども、どこ迄行っても父の知らない日ばかりである。そう云う日を暮らして行く事が、父は何十年も前に死んでいるけれども、私が父の続きであると云う、一番大事な事の様に思われる。そうしてついこの春に死んだ私の息子の事を、その考えの続きに思い浮かべるのである。そこで私はその考えを打ち切ってしまう。

心覚えを書きつけた紙片に、いつ頃の物か覚えていないが、こんな事を書いている。

「総体ニ当時ノ父ノ心事ヲ揣摩スルニ掌ヲ指スガ如クワカル様ナ気ガスルナリ。シマヒニ今自分ノ考ヘテヰル事ト、昔父ノ考ヘカケタ事トノ間ガ、数十年ノ間ヲ飛ビ超エテ突然ツナガリ、ソノ境目ガワカラナクナル。自分ノ考ヘテヰル事ハ父ノ考ヘカケタ事ノ続キデアル」

息子の考えかけた事も考えてやりたいと思うけれど、後戻りになるので、勝手が解らない。

東京日記　その二十三

　私は仕事の都合で歳末の半月ばかり、東京駅の鉄道ホテルに泊まっていたが、その間は一度も外へ出なかったので、大分気分が鬱して来た。それにホテルの食べ物は窮屈で、食堂のあてがい扶持ばかり食ってもいられないから、毎日昼か晩の内少くとも一回、時によると二度とも駅の乗車口の精養軒食堂へ降りて行って、いろんなものを拾い食いをした。

　夕飯の時は、鮨やお弁当を肴にして、独酌で一盞《いっさん》傾ける。いつも大変な混雑なので、傍の食卓の人が起ったり坐ったり、出がけにコップをひっくり返す人もあるし、泣いている赤ん坊を背中におぶった儘で坐り込むお神さんもあって、初めの間は少しも落ちつかなかったが、仕方がないと我慢して盃を重ねている内に、次第に辺りの騒ぎが遠のいて来る様で、目の前をちらちらしている人影も目ざわりでなくなった。

そう云う時に、食堂の中のどの辺りからと云う事は解らないけれど、毎日きまった同じ調子の話し声が私の耳に聞こえて来出した。最初にその声を聞いた時、だれか私の知った人が近くにいるのかと思って、辺りを見廻したが、大勢の人の顔が、あっちに向いたりこっちに向いたりして、だれがその声を出しているのか見分けがつかなかった。

二度三度来る内に、必ずその声を聞くので、もう人の顔を探す様な事はしなかったが、仕舞には、お午《ひる》に一寸《ちよつと》ライスカレーを一皿食いに降りて来ても、その間に矢《や》っ張《ぱ》りいつもの話し声が聞こえる様になった。

その声柄《こえがら》は少し嗄れていて、重みがあり、相当の年輩の男の声と思われるけれど、話している事柄は一言も解ったためしがない。又その話しの相手になっている方の声は、まわりの騒音に混ざって、聞き別ける事は出来なかった。

いつも同じ声を聞き馴れたので、その食堂に降りて行く時は、いくらかこちらで待ち受ける様な気持になったが、そのつもりで食事をしていて、一度も失望した事はない。

仕事に疲れ過ぎて、少しお酒を余計に飲んだりする時は、話し相手もなく重ねて行く盃の間に、随分酔いが廻ったと自分で解る事もある。そんな時には、どこからともなく聞こえて来る話し声が非常にはっきりして、ほんのもう少しで何を云っているかと云う内容も解りそうな気がする。

一週間か十日も過ぎた或る晩、いつもの通り人混みの中で独酌をしていると、その聞き馴れた声が咳をした。風邪でも引いたのかとぼんやり考えかけて、急にはっとする様な気がした。その咳払いはもう三十年も昔に死んだ私の父の声にそっくりであったので、それで一度は、父の声であったのかと思ったが、又考えて見ると、父の死んだのは今の私より年下の時であり、今聞こえて来る声は私などよりずっと年上の人の響きがある。死んだ後で年を取ると云う事がない限り、父の声がもし聞こえるとすれば、もっと若い張りがあるに違いない。それでいつも聞き馴れている声はそうではないときめて、又そんなに迫った気持でなく聞く様になったが、間もなく咳も止み、もとの通りの重みのある語調で話す様になった。

東京日記　その十一の上

汽車の出るのに少し間があったので、東京駅の食堂で麦酒《ビール》を飲んでいると、私の卓子《テーブル》の向う側の空いた席に、だれか人が起《た》って、そこに坐ろうか、どうしようかと私の方をうかがっている様な気配がした。

それで目を上げて見ると、顔色のきたない、脊《せ》の高い学生がそこに起っていたが、一寸《ちょっと》目を合わせた拍子に私は何だか見た事のある顔の様な気がしたので、何の気もなく軽く会釈を与えたところが、その学生は帽子をかぶった儘《まま》、丁寧にお辞儀をして、それから私の真向うに席を取った。

絣《かすり》のある襟巻をして、外套の胸のかくしから藍色のハンケチを覗かせたりしているが、顔も様子も無骨で、柔道部か拳闘部かの学生の様な気がしたのは、昔私が私立大学の教師をしていた時、そんな顔を見た様な気がしたのだけれど、その頃からもう二十年近くも過ぎているので、当時の学生が今でも学生でいる筈がない。何を勘違いしたのだろうと考えかけると、今向うに坐った学生が急に卓上の花の陰から、麦酒罎《びん》を差し出して、私のコップに注ごうとした。

「どうぞ」と硬い声で云って、卓子の向うから中腰になった。

丁度麦酒がいやになったので、お燗で飲み直そうと思っていたところだから、余計な事をすると思ったけれど、兎《と》に角《かく》受けて、コップをそこに置くと、向うの学生は給仕女を手招きして、今度は煙草を註文したらしい。

何だかもじもじしている様でもあり、頻《しき》りに私の方を見ている様にも思われて、こちらの気持が落ちつかなかった。

給仕女がチェリーを持って来ると、その学生は恐ろしく立派なシガレットケースを出して、その中に一本ずつ綺麗に列《なら》べた上で、又花瓶の横から、そのケースの腹を私の方へ差し出して、

「どうぞ、どうぞ」と云ったが、私は両切は吸いたくないし、それに酒を飲んでいる途中で、まだ煙草を吸う様な口になっていなかったから、ことわったけれど、相手はどうしても

聞かない。

「まあ、まあ」と押しつけて、段段こちらにのし掛かる様に腰を上げて、手を伸ばして来たから、止むなく一本抜き取って、火をつけずに、そこへ置いたまま苦り切っていると、今度はまた麦酒を持って、私に酌をしようとする。

麦酒はさっきの儘まだコップに一杯残っているので、それを見せて、沢山だと云ったが聞かない。私が仕方がないので、縁の所を一寸舐《な》める様にして、上をすかしたところへ、いきなり、がぶがぶと注ぎ足し、そこいら一面に麦酒をこぼして、「失礼しました」と云っている。

「あなた今どこですか」と云って、私の顔を見ているので、何を云うのだろうと思っていると、

「僕は満洲国の者です。友達が奉天《ほうてん》へ帰るので、僕は今日見送りに来ました。それでまだ時間があるから、ここで待ちます。あなたは今どちらですか」と云って、じっと私の顔を見入った。

何だか片づかない相手だと思っていたが、それでこちらの気持も落ちついた様な気がした。それでは少し相手になってやろうかと考えていると、

「僕はまだ日本語がよく解りませんから、失礼な事を云ったら許して下さい。どうですか。さあ」と云って、又麦酒を取り上げた。

麦酒をことわると、煙草のケースを人の鼻先に突きつけ、まだこの通りさっきのが吸わずにあると云うと、今度は私の手許《てもと》にあるお燗の罎を取って、お酌をすると云い出した。

東京日記　その十一の下

後《うしろ》に人影が射した様に思うと、又少し顔の様子の違った学生が現われて、丸い卓子《テーブル》の私とさっきからいる学生との間に割り込んで腰を掛けた。今度のも外套の胸のかくしから色のついたハンケチをのぞかせ、襟巻をしているけれど、そう云う好みがちっとも似合わない陰気な顔をしていて、目の縁から鼻の脇にかけて、薄い痣《あざ》があった。

席に著《つ》くといきなり、学生同志で饒舌《しゃべ》り出したが、初めの二言三言は解らなかったけれど、聞いている内に日本語になった。

「うん、何」

「あんたに有り難うと云っていたよ。お見送りに来てくれて、あんたに有り難うと云ったよ」

「いえいえ」

その次はすぐに解らない言葉になって、段段二人の声が高くなった。

向うが二人になってから、まだ麦酒《ビール》を一本もあけないのに、もう二人とも酔っ払っている様であった。後から来た痣のある方が声が高くて、鋭くて、時時私の方を敵意のある目で見ていたが、しまいには二人で話しながら、まともから私の顔に指ざしして何か云い出した。

後から来た方が余計に腹を立てている様で、どうかすると、じいっと身体を私の方へ捻じ向けて、飛び掛かって来るのではないかと思われる様な恰好をした。

急に何か短かい言葉を発したと思ったら後から来た方の学生が、手に摘まんでいた燐寸《マッチ》で自分の前の卓子の板をぱちんと敲《たた》いたが、丁度そこにさっき零れた麦酒が溜まっていたので飛沫が辺りに跳ねて、私の顔もぬれた。

はっとした途端に不意に恐ろしくなって、私が椅子から腰を浮かしかけると、又何か解らない事を云って、私の目の先を指ざしするので、その儘《まま》私は椅子に腰を落としたが、相手はますます私に迫って来る気配で、今までおとなしかったもとからいる学生の方も一緒に気負い立って、いつの間にか起ち上がっている。そうして私をそこに据えておいた儘、二人で又何か喧嘩をしている様に思われた。

私の飲みさした麦酒がまだ罎の中に半分位も残っていたのを、痣のある学生が自分のコップに注いで、立て続けに飲み干してしまった。

何だか後の方で、方方が騒がしくなったと思ったら、広い食堂に一ぱいに詰まっていたお客が、今までは静かに銘銘で箸を執っていたものが、あっちでもこっちでも疳高《かんだか》い声で罵り始めた。何を云っているのか解らないけれど、みんなその食卓の仲間同志で喧嘩を始めたのだろうと思っていると、いつの間にか、人人の目が私の方に向いて居り、私の顔を指ざししているいやな手の恰好が頻《しき》りに人ごみの中で動いた。

そう云う気配を待っていた様に、痣のある学生が奇声を発して起ち上がり、平手でぬれている卓子の板をぴしゃりと敲いて、私の返事を待つ様な顔をした。

東京日記　その二十一

ホテルの食堂へ晩飯を食いに這入《はい》ったところが、私の食卓の直ぐ前に後向きに腰を掛けている西洋人の年寄りがいて、その向き合った席には、日本人の若い洋装の女が、頬紅や黛《まゆずみ》を一ぱいつけた顔で不自然な笑顔をつくりながら、絶えず何か話しかけている。

西洋人の頸《くび》は七面鳥の様で、その上に真白な長い白髪がかぶさっている。何か相手の女に受け答えしながら、時時頸を縮める身振りをしているが、そうする度《たび》に、頸の肌にきたない皺が出来て、その廻りの白髪がおっ立ち、見ていて気持が悪くなった。私が自分のお皿を突っつきながら、うっかりその方に気を取られていると、何故だか足に突っ掛けている革のスリッパが脱げるので、もうそんな事が二三度もあったから、気にしていたが、その内に二人の話は段段熱を帯びて来るらしく、今では西洋人の方が余計に口を利いて、時時食卓のこっち側から、女の顔の前に手を出して見せたりしている。

私はそれを見ていて自分が不安になると同時に、西洋人の後姿を間に置いて、私と向き合っている洋装の女の様子が、何となく私の心を惹く様に思われ出した。

何度でも辷《すべ》り落ちるスリッパを足の先で探りながら、いらいらして、食っている物の味も解らなくなりかけた。女がとろける様な笑いを目もとに湛えて、西洋人をじっと見つめた挙げ句に、その目をそらして、ちらりと私の方を見た。その途端に西洋人の頸の色がさっと変わって、今まで皺の間まで赤味を帯びていたのが、一どきに紫色になった様であった。

ボイがその食卓の傍に来て、何か云っている様であったが、その話しの途中で急に西洋人が起《た》ち上がって、自分の席を離れ、女の片腕を取って、釣るし上げる様に起たせたかと思ったら、女の身体を軽く小脇に挟んで、さっさと入口の方へ歩き出した。その後から支配人やボイが大勢腕組みをして眺めているが、みんな平気でいるらしい。何か私が見違えるか、勘違いするかしたのかも知れないと気がついたので、心を落ちつけようと思って、今来たお皿の中をじっと見つめながら、肉叉《フォーク》を動かしていると、そこにある骨のついた鳥の肉や、小さな帽子をかぶったトマトなどの取り合わせが非常に興味がある様に思われて、さっきの騒ぎもこのお皿の中の御馳走のにおいであった様な気がし出した。

東京日記　その四

東海道線の上りの最終列車は横浜止りなので、横浜駅から省線電車に乗り換えたが、それも上りの最終で、相客は広い車室に二三人しかいなかったから、東京駅に著《つ》くまでには私一人になってしまった。夜中の風の吹いている構内を抜けて、外に出たところが、星のまばらな夜空が黒黒と一《いっ》ぱいに広がって、変なところに半弦の月が浮いているので、不思議な気持がした。

駅前の交番の横に起《た》って眺めて見ると、月の懸かっているのは、丸ビルの空なのだが、その丸ビルはなくなっている。いつも見なれた大きな白い塊りがなくなったので、その後に夜の空が降りて来ているらしい。

自動車に乗ろうと思ったのだけれど止めて、丸ビルのあった辺りへ歩いて行って見たが、一面の原っぱで、所所に小さな水溜りがあって、まわりの黒い地面の間に鈍い光を湛えている。あっちこっちに少しずつ草も生えているらしい。丸ビルには地下室もあったから、地面が平らになる筈はないと考えたけれど、よく解らなかった。

それきり家へ帰って寝て、朝目が覚めたら、丸ビルの中にある法律事務所に用事があるのを思い出したので、出かけて行った。自動車を拾って、丸ビル迄と云ったら、運転手は心得て、いつも通る道を通って、東京駅の前へ出た。

自動車を降りて見ると、矢《や》っ張《ぱ》り丸ビルはなかったが、運転手は澄まして、向うへ行ってしまった。

ぐるりに柵を打って、針金を引っ張ってあるが、針金も銹《さ》びているし、柵の木も古くて昨日今日に打ち込んだ様ではない。中の地面はでこぼこで、所所に草が生えている。水溜りのあるのも昨夜見た通りである。水溜りの水は綺麗で、水面がちらちらしているのは、あめんぼうが飛んでいるらしい。丸ビルはどうしたのだろうと不思議に堪えないのだが、辺りの人人が平気で、知らん顔をして通り過ぎるのもあり、乗合自動車も平生《へいぜい》の通り走って来て、「丸ビル前」と云っている女車掌の声も聞こえるし、又その度《たび》に人も降りている。柵に靠《もた》れて空地を眺めている人の傍へ行って、聞いて見た。

「丸ビルはどうしたのでしょう」

「丸ビルと云いますと」その男は一寸《ちよつと》言葉を切って、人の顔を見てから、「さっきもそんな事を云った人がありましたが、一寸私には解りませんね」と云って向うを向いてしまった。

法律事務所にいた人人が何処へ行ってしまったのか気にかかるし、私の用事にも差支えるが、その外《ほか》にも丸ビルには大勢の人がいた筈であり、その関係で外から出這入《ではい》りする人も沢山あるのに、この空地のまわりは左程混雑していない。丸ビルの中に引き込んだ電話線や瓦《ガ》斯《ス》管の断れ口なんかもそこいらに覗いていそうなものだと思ったが、そんな物は見当たらないだけでなく、一帯の空地の様子がそんな風ではなかった。

帰りに有楽町の新聞社へ寄って、友人の記者に、丸ビルに用事があって出掛けて来たけれど、丸ビルはなくなっていたと話したところが、そんな事があるものかと云って、相手にしなかったが、いいお天気だから出て見ようと云って誘い出した。

傍に行かない前から、町並みの様子が変に明かるくなっているし、空もその辺りが広広している事が解ったので、友人は驚愕の余り足許《あしもと》をがくがくさせている様子であったが、いよいよ中央郵便局の前に起って、丸ビル跡の空地を眺めている間に、友人は平静になったらしい。帰る時は当り前に左様ならと挨拶して別かれたが、友人はそれから社に帰っても、きっとその事は何人にも話さなかったろうと私は推測した。

その翌《あ》くる日に、矢っ張り昨日の用事があるので、又自動車を拾って丸ビルまで行ったが、今日はもとのままに丸ビルが建っていて、ふだんと少しも変わりはなかった。そうなれば別に不思議な事もないので、私はエレヴェーターで登って、法律事務所へ行って用を弁じた。用事がすんだ後で、そこの主任の弁護士に、昨日はこちらへ入らっしゃいましたかと聞いて見たが、昨日は都合で休んだと云う話であった。

それで衝立《ついたて》の向うにいる書生や給仕にも尋ねて見たい様な気がしたけれど、昨日の新聞記者の顔を思い出したので止めた。

帰りに一旦外に出て、もう一度振り返って丸ビルの建物を眺めたが、全く何の変わったところもない。しかし今まで自分が知らなかったので、これだけの大きな建物になれば、時時はそう云う不思議な事もあるのだろうと考えた。その後で、昨日まで生えていた草は圧し潰されたに違いないが、水溜りの上を走っていたあめんぼうは何処へ飛んで行ったろうと云う事が気になった。

大尉殺し

山陽線鴨方《かもがた》駅の待合室に、四五人の男が腰をかけたり起《た》ち上がったりしている。影が固まって動き出したような風で、顔にも姿にも輪郭などはなかった。丸い火屋《ほや》のかかった大きな釣洋燈《つりランプ》が天井から下がっていて、下を向いた赤い焔《ほのお》の伸びたりちぢんだりする度《たび》に、薄暗い部屋が、膨らんだり小いさくなったりする様に思われた。

辺りの様子が重苦しく又眠たそうであった。

ぼんやりした塊りの中から、鳥打帽を被って二重廻しを著《き》た男が出て来た。はっきりした姿で、出札口の前に出て、その上に懸かっている時計を見た。それから二重廻しの前をあけて、袴《はかま》の下から金側の時計を出した。

あれが殺される大尉だなと私は思った。

待合室の外に、ごうごうと云う音がしている。大きな風のかたまりが、同じ所を往ったり来たりしているらしい。それから急に辺りが明かるくなったと思ったら、大尉がまともに此方《こちら》を向いた。幅の広い顔に大きな髭が生えている。二重廻しの前をひろげた儘《まま》、帯の間に手を入れて、ゆうゆうと待合室の中を歩いている様子が、却《かえっ》て今じき殺される人の姿らしく思われて恐ろしかった。

出札口があいて、中から声がした。「上り姫路行」と云ったらしい。隅隅に居た人の姿が動き出して、その前に団《かた》まった。大尉はもとの所にいて、そっぽを向いている。何故だか大尉のそうしているのが私は不安であった。どうせ殺されるに極《き》まっていても、矢っ張り私はいらいらする様な気がした。

今までと違った強い風の音がした。木を擦るような音だった。その時、一人の男が待合室に這入《はい》って来た。竪縞《たてじま》の著物《きもの》を著て、懐手《ふところで》をしている。色が白くて、美しい顔だけれど、額が暗かった。外を歩いて来たままの足どりで、大尉の前を通って、薄暗い隅に這入って行った。

弁当売りが何処からか出て来て歩いている。大尉はみんなの済んだ後で出札に行った。「岡山まで中等」と云ったに違いない。懐の金入れから、金を払っている。いつの間にか竪縞の男が大尉の傍に起っていた。

それから大尉は改札の方へ行った。改札口の辺りは薄暗くて、ただプラットフォームの柱が一本だけ、白ら白らと起っていた。大尉の姿は、そのぼんやりした薄闇の中にわからなくなってしまった。すると竪縞の男が切符を買っていた。大尉がいなくなったら、またこの男の姿が濃くなって、そのいる辺りまではっきりして来た。そうして「中等岡山まで」と云った。この男が大尉を殺すのだと私は思った。大尉よりはやさしそうで、年も若く無理なように思われたけれど、矢っ張りそれに違いなかった。

竪縞の男が弁当を買っている。そうして弁当の折を手拭に包んだ。あたりにだれも人がいなかった。弁当売りと竪縞の男と二人だけで何だか話をしている。何を云っているのだか解らない。或《あるい》は人に聞かれない様に話しているらしくもあった。弁当売りが大尉殺しの仲間なのかも知れなかった。不意にまともを向いた時、その目を見たら、下瞼《まぶち》が前に出て受けた様になってる奥に、目の玉が動いて恐ろしい光を放った。

風の吹いている闇の中を、夜汽車の近づく響が伝わって来た。私はその音をきいて身ぶるいした。大尉は何のために殺されたのだか知らない、三十年も或はそれよりも昔の話だから、聞いてもそんな事は解らなかったに違いない。ただ鴨方から岡山までの、二時間に足りない夜汽車の中で、大尉が殺されていた。遠くの山裾を伝う夜汽車の汽笛を聞いても、私は恐ろしかった。

汽車の窓が妙なふうに動いている。いくつもいくつも目の前を通っては又同じ窓が帰って来る。私は恐ろしさに身動きも出来なかった。竪縞の男の弁当を食っている横顔が見えた。大尉がそれに向かって腰をかけているのが窓から見えた。高梁川《たかはし》の土手には、鉄橋の上手に一かたまりの藪がある。暗闇の中で藪が大きく動き出した。いつ迄も遠くに響ばかり聞こえる夜汽車を、おびき寄せている様に思われる。夜汽車の窓に大尉の顔が大きく写った。汽車が藪の陰まで来た。竪縞の男が起ち上がって大尉の上にのしかかった。大尉が二重廻しを著たままで抵抗している。二つの男の影がもつれて来た。細い、青い光りが二つの影の中に見えたり隠れたりする。汽車が恐ろしい音をたてて、鉄橋を渡った。土手の藪の中にその響が残って、汽車の行ってしまった後まで、藪はいつまでもごうごうと鳴りながら、ゆらゆらと動いて止まらなかった。

虎

そろそろ汽車の通る時刻だと云う事がわかったので、線路を伝わって来る響きに注意していたが、辺りにいる人達も何となく不安そうであった。

大概その汽車が通ってしまった後で、虎が出ると云う話であった。私は今日来たばかりで今までの事は知らないけれど、あまり面白い事ではない。ここいらの人人が、よくそんな事を我慢していられるものだと、不思議に思った。

線路は単線で、随分高い土手の上を走っているのだが、丁度私共のいる所が丘になっているので、この辺りは線路と地面がすれすれである。それも考えて見れば用心の悪い事であると思われた。

丘の上には、一抱えぐらいの幹の、大きな樹が、同じ間をおいて、一本ずつ、はっきりと立っている。丘の向うの果てまで、随分の数だと思われるけれど、森や林の様に茂り合っていないから、見た目が晴れ晴れしく、地面を照らしている日向《ひなた》と、そのところどころに大きく点点と散らばっている梢の影とが、壮大なまだらを造っている。

天気もよく、風も穏やかであるが、あまり辺りが静かなので、気持が落ちつかない。樹の影がはっきりしているのも、見ようによっては、けばけばしくも思われ、静かに渡る風に揺られて、少しずつ動くのを見ると、丘全体が大きな獣の背中の様な気がする事もあった。

そんなに気にしていない間《ま》に汽車が通り過ぎた。振り返って見たら、つないだ箱が不揃で、貨物も引っ張っている混合列車であったが、思ったより短くて、すぐに向うへ曲がって見えなくなった。

近づいて来る時は、まるで気にならなかったのに、そんな小さな汽車が通り過ぎた後、いつまでも地響が消えないので、どう云うわけだろうと思ったが、その内に、あっちこっちで人が二三人ずつ立ち話しをし出した。

「今の汽車に乗っていたのではないか」

「私もそんな気がする」

「今日は妙な方から来たものだな」

「そんな事ではないかと思った」

「しかし、ちっとも時刻をたがえない。もうこれで何日続くのだろう」

私がその仲間に近づいて行って、もっとくわしく聞きたいと思っているところへ、向うから袴をつけた男が走って来て云った。

「さっきの汽車の一番後《うしろ》の箱に乗っていたのですよ。何だか、がたがたしていたので気がついたそうです。早くそう云って向うへ知らして下さい」

近くに停車場があるのか、それとも走っている途中から飛び降りたのか、それは解らないが、忽《たちま》ち虎が来て、もうすぐ私共の身近かに迫っている事が知れた。

姿はまだ見えないけれどそれは気配で解るし、私もこう云う目に遭うのは初めてではない。どうしてこんな物騒な所に来たかと云う事を今になって考えて見ても、兎《と》に角《かく》虎がこの場を退いた後でなければ、何の役にも立たないし、今の自分の気持で、また周囲の取込んだ騒ぎから、そんな事よりは早くみんなと一緒になって、自分一人だけが目立たない様にする事が肝要である。

長屋の庇《ひさし》を取った様な、或《あるい》は学校の廊下に仕切りをつけた様な、細長い建物が、奥行の深い凹字形に並んで、一《いっ》ぱいに人が詰まっているから、向う側に並んでこっちを向いている人の顔は、ちらちらして、どれがどれだか、はっきり見分けがつかない。しかし、あれはだれと云う事は思い出せなくても、大体まわりにいる人は、みんな私の顔馴染《かおなじみ》の様な気がする。その為に、こう云う場合、却《かえ》って私は身辺の危険を感ずる様な、うろたえた気持がして、他の人と同じ様に顔をまともに向けているのが不安であった。

みんなの並んでいる頭の上は曖昧であって、二階になっているのか、廊下が通っているのか解らなかった。庇がないので、はっきりしそうなものだが、人の所の事は別としても、自分の上が気にかかりながら、判然しない。そこを虎が渡るのだと云う事は、そう云う羽目になって考えられるものではない。

しかし矢っ張りそうなる事は仕方がないので、凹字の向うの隅の辺りから、近づいて来る気配はだれにも解った。虎が走っているか、立ち止まったか、下に並んだ一人一人を選り分けているか、それは解らないけれど、ここにいるだけの人が、みんな自分一人に迫った事と思うから、身動きも出来なくなっているのは、これだけ大勢の人が押し詰まった中に、風のそよぎほども動くものがないので解る。だからなおの事、私の気持が一寸動いても、すぐにそれが人中で目立ち、身のまわりがざわめいて、却って虎を招く様な事になってはならない。何か頭の上を圧して行く様に思われて、はっとするその驚きすら、ただ一ところを見つめた儘で、私はじっと抑えつけた。

みんなの目がさっとそちらに動いたけれど、声を立てる者はなかった。私の並びで五六人離れた所にいた若い男が、派手な背広を著《き》ていたと思うのに、するすると引上げられる拍子に、身に著《つ》けていた物がすっかり脱けて、色の白い、ふくらみのある、女の様な手足を露《あら》わし、素裸にされてみんなの目の前から、上に持って行かれた。どこを摑《つか》まれたのか解らなかったけれど、中途で身体が一まわりして、宙に踊る様な姿になった時、顔をはっきり見たら、もと私の勤めていた学校の書記であった。顔が平たくて、声のやさしい、静かな男であったが、どうしてこんな事になったのか私には解らない。その姿が消えると共に、今まで四辺を石の様に硬くしていた気配がゆるんで、次第に人人の間がざわつき、樹の影のはっきりした地面に、三人五人ずつ人のかたまりが散らばって、話し声も段段賑やかになって来た。

虎の毛

戦地の軍人に虎の毛を送りたいからと云う依頼を受けて、動物園では虎の毛をむしるのに苦心していると云う新聞の記事を読んで、子供の時に見た見世物の事を思い出した。

私共の田舎の町には、時時どこからか旅興行の動物園がやって来て、大概一週間か十日ぐらい天幕張りの見世物小屋をかけて行ったが、子供の時はだれでも動物が好きだから、私なども大概見逃さずに行って見た。

しかしどれを見ても種類はきまっていた様で、虎と熊は必ずいたが、その外に豹のいる事もあり、死んだ大蛇が赤毛布の上に生きている様に置いてあるのは、見ても気持が悪かった。狼や狐や、貂《てん》までも物物しい説明つきで怪獣の様に思わせたりした。猿や鸚鵡《おうむ》はいつも木戸口にいて、きいきい、ぎゃあ、ぎゃあ鳴いて、客寄せの役を勤めた。

獅子はそう云う興行では一度も来た事がないので、大きくなってから東京に来る迄は本当の姿を知らなかった。動物写真帖なんかで雄姿を忍んでいたが、本物を見ても子供の時から頭に描いていた威厳を少しもそこねなかったのは、百獣の王たる所以なのであろう。

見世物で毛を抜いて売るのは虎と山あらしに限っていた様である。山あらしの毛は箸の様に太くて硬いから、抜かれる時に痛いだろうと思われるし、又荒らくて数が少いからそんなに沢山抜いたら無くなって仕舞いそうだが、今から考えて見ると、毛の抜け代わる時などにそう云う事をして、抜け毛を高く売りつけたのかも知れない。

虎の毛は四五本抜いて、模様のついた紙に包んでくれるのが十銭であったから、当時の木戸銭の倍の値打であった。虎の毛をくれと云うと、そう云う註文が二三人たまるのを待って、係りの者が檻の間から手を突込《つっこ》んで、造作もなく抜き取った。その為に虎が怒ったと云う様な事は覚えていない。しかし考えて見ると、虎が檻の中を歩き廻っている時には毛を抜かなかった様である。いつでも寝ている時にしたらしい。註文のあった時、見物の見ている前で、虎に牛肉の切れをやるのを見た事があるから、事によると、虎の気の立っている時はそうやって、腹をふくらましてやって、それで虎がだるくなった時に毛を抜いたのかも知れない。見世物の虎は大概痩せて、疲れている様に思われた。こちらが構わなければ、いつまででも狭い檻の中で寝ていたらしい。

ところがそれでは景気がつかないので、檻の前に見物が沢山たまると、虎使いと云う程の事もないが、その係りの男が棍棒を持ち出して来て、檻の格子の間から突込み、虎の胴体を下からこじ上げる様な事をする。虎は格別腹を立てた様子もなく、される儘《まま》に身体を持ち上げて、退儀そうに起ち上がり、格子の間から見物人の顔をぼんやり見廻している。その潮時をねらって、棒を持った男が、「そこで一つ、地声で」と号令すると、虎がお附き合いの様に、「うわう」と吼える。忽ち木戸口の方が騒ぎになって、じゃんじゃん何か敲いたりして、「さあさあお聞きの通り、猛虎一声、只今が見時見時」と云う様な事を囃し立てるのだが、虎はその一声で役目がすんだと云う顔附きで、又ぐったりして寝そべってしまう。そう云う時に一摘みぐらい毛を抜かれるのである。

戦地の軍人に虎の毛を送るのは、どう云う意味なのか私は知らないけれど、虎の毛を持っていると魔除けのお呪《まじな》いになると云う事であった。魔除けと云うだけでは漠然としているが、手近かの利き目は、一人で夜道を歩いても、狐なんかに化かされる心配がないのである。私は虎の毛の紙包みを二つも三つも抽斗《ひきだし》に入れて、長い間大事にしていたが、いつの間にかなくしてしまった。

サーカス

僕にとって一番古いサーカスの思い出と云えば、見物に出かけると青芝の上に組立てた桟《さ》敷《じき》があって、そこでやって見せるのは牛と熊の角力《すもう》の筈だったが、その内に檻から出した熊が暴れ出して鎖が切れそうになった。出口は一方だし、どうしようかと思って泡食っていたら、みんなも慌てた所為だろう、いきなり桟敷が何処か抜け落ちた。見物人が落ちて、僕もその穴から下へ降りてみたら下は青草だった。それから裏の方に抜けて行ったら金魚屋で、金魚をセメントの池で沢山飼っている金魚屋の庭に逃げ込んで、その金魚のセメントの仕切りを伝って金魚屋のお神さんがびっくりしている中に裏から表へ飛び出して家へ帰った。熊が追っ馳けて来るかと思った。少年時代の気持が残っているのか時時夢をみる。檻の中に豹だの熊だのが並んでいて、檻から僕を引っ掛けそうにして、毛の生えた手を出す怖い夢を見る。

百鬼園日記帖　四十六（大正六年十一月二十二日）

事によると夢ではないかと思う程にうすれて暗い思い出である。その中に赤い焰《ほのお》の輪が尾を曳いて燃えている。焰の形は不動様の絵にあるものと違わない。裸体の男がその焰の輪を持って舞台を一巡した後、豹の檻の戸をあけて中に這入《はい》って行く。豹は檻の片隅に、腹を床につけて竦《すく》んでいる。裸体の男が何か相図をすると、豹はむくむくと起き上がって身を踊《おど》らしてその火焰の輪を飛び抜けた。そうして向うから又逆に輪を抜けた。輪を抜ける時には豹の体軀がすごいた様に細く延びる。焰は豹の抜けた後を追掛ける様に流れる。そのあかりの下に裸体の男の肉体が荒火の光をあびて浮き出している。私は子供の折この見世物をたしかに見たに違いない。しかしどこで何人《だれ》と見たのだか丸で覚えられぬ。（十一月二十二日）

豹

坂の途中に小鳥屋が一軒あった。鼻の曲った汚い爺さんが、何時も店頭に胡座《あぐら》をかいて、頻《しき》りに竹を削って居《い》た。その前を通ると、もとは目白や野鵐や金糸鳥などが、かわいらしく鳴き交わして居たのに、何時の間にかそんなものはみんな居なくなってしまって、小屋根の上の大きな檻の中に、鷹が番《つが》い、雛を育てて居た。その次にその前を通った時、鷹の雛がもう大きくなったろうと思って、屋根の上を見たら、鷹ではなくて、鷲であった。親が雌も雄もどちらも一間《いっけん》ぐらいに、雛は鶏《にわとり》ぐらい大きかった。そうして親も雛も、頭や頸や背の羽根が、摑《つか》んで挘《むし》ったように荒く抜けている。その隣りの檻に豹がいて、じっと雛をねらって居た。大変だと思ってぐるりを見ると、牧師と法華の太鼓たたきと、それから得体の知れない人間が十五六人矢張《やは》り起《た》ってみていた。豹が恐ろしい声をして、鷲の巣に手を突込《つっこ》んだ。鷲の雌が鋸《のこぎり》の様な羽根を立てて豹を防いでいた。雛は嘴《くちばし》で毛虫をつんでいた。雄は向うをむいて知らぬ顔をしていた。すると豹が細長いからだを一《いっ》ぱいに伸ばして、背中に一うねり波を打たせた。その様子が非常におそろしい。その時またすごい声をして哮《ほ》えたので、私は心配になって来た。

「この豹は見覚えがあるね」と云った者がある。今そんな事を云ってはいけないと私は思った。すると果して豹がこちらを向いた。

「ああいけない、檻の格子が一本抜けている。何か嵌《は》めて置かなくちゃあぶない」と云った者がある。わるい事を云った、豹が知ったかも知れないと私は思った。その時に又、「豹が鷲をねらっているのは策略なんだね」と云った者がある。黙って居ないと大変なことになるのにと私は思った。すると果して豹が屋根を下りて、私等を喰いに来た。私は一生懸命に逃げた。そこいらに居た者もみんな同じ方へ逃げた。両側に森のある馬鹿に広いきれいな道を、みんなが団《かた》まって逃げた。風が後から追掛ける様に吹いて来た。豹が風の中を馳《か》け抜けるように走って私等に近づいた。一番に牧師が喰われた。道の真中を逃げて居たから喰われたのだ。私達は道の片端をすれすれに逃げた。今度は法華の太鼓たたきが喰われた。私は一寸《ちよつと》振り返って見た。広い白い道の真中で、豹が法華の太鼓たたきを抑えていた。太鼓が道の真中に投げ出されていた。その間に私丈《だけ》はそこから横町へ曲がって、細い長い道を逃げた。何だか町じゅうが寂《さ》びれ返っている。私は片側町に逃げて来た。みんな骨董屋計《ばか》りで、店に人は一人も居ない。大きな羅漢の木像があった。庭に水の一《いっ》ぱい溜まっている家があった。私はそこへ逃げ込んで、二階へ上がった。二階から往来を見ると、豹が向うから、地に腹のつく様に脊を低くして、走って来た。豹は私をねらっているらしい。畳や梯子段にぬれた足跡がついていやしないかと思う。私はここも駄目だと思った。けれども、もう表へは出られないから、裏口から田圃《たんぼ》の中へ飛び出して、又逃げた。しかし豹が何故私丈をねらい出したのか解らない。あれは豹の皮を被っているけれども、ほんとは豹ではないのかも知れない。そう思い出したら猶《なお》の事怖くなった。何しろ早くかくれてしまわなければ大変な事になると思った。私は田圃の中を夢中でどのくらい逃げたかわからない。

仕舞いに野中の一軒屋に逃げ込んだ。庭口に大きな柘榴《ざくろ》の樹があって、腹の赤い豆廻しが頻りにけくけく、けくけくと鳴いて居た。後を向いたら、丁度その時、向うの禿山の頂《いただき》を豹の越したのが鮮やかに見えた。私は大急ぎで戸を締めてしまった。雨戸がみんな磨硝子《すりガラス》で出来ていた。硝子では不安心だと私が思った。家の中に半識《はんし》りの人が五六人いた。みんな色つやのわるい貧相な男ばかりであった。私は家の内じゅう戸締りをしてしまった。一ケ所、扉の上に豹が飛び込める程の隙があるけれど、何もそこを塞ぐものがなかった。その内に私は考えた。木の雨戸よりは却《かえ》って磨硝子の方がいいかも知れない、豹がいくら爪をたてても、爪が滑ってしまうから。すると豹の爪と磨硝子との、がりがり擦れ合う音が、予《あらかじ》め私の耳に聞こえた。私はからだじゅうにさむさむがたった。

外が余り静かだから、私は磨硝子の戸を細目にあけて、のぞいて見た。内から、

「あぶないあぶない」と云う者があった。

「豹があなたの顔を見るとわるいからおよしなさい」と云った者もあった。その時、豹は向うの黒い土手の上で、痩せた女を喰っていた。その女は私に多少拘《かかわ》り合いのある女の様な気がして来た。私は戸の細目から首をのぞけた。豹がその女を見る見る内に喰ってしまって、著物《きもの》だけを脚で搔《か》きのけた。そうして私の方を見た。私は豹に見られたと思って、驚いて隠れようとした。その時豹が急に後脚で起ち上がる様にこちらを向いて、妙な顔をした。笑ったのではないかと思う。私はひやりとして、あわてて戸をしめた。

「この扉の上だけだから、ここ丈どうかならんかな。これだけ居るんだから、みんなで豹を殺せない事もなかろうじゃないか」と私がみんなに云った。

みんなは割り合いに落ちついた顔をしていた。矢《や》っ張《ぱ》り私だけなのかも知れない。私は心

細くて堪《たま》らなくなった。そうして又怖くてじっとしていられない。

「どうかしてくれ、豹に喰われたくない」と私が云って泣き出した。

すると辺りにいた五六人のものが、一度にこちらを向いた。

「あなたは知ってるんだろう」と一人が私に云った。そうして変な顔をして少し笑っている。

「洒落《しゃれ》なんだよ」と外の一人が駄目を押す様に云った。

「何故」ときいた者がある。

「過去が洒落てるのさ、この人は承知しているんだよ」

「ははん」と云って、その尋ねた男が笑い出した。するとみんなが一緒になって、堪らない様に笑い出した。

私はあわてて、なんにも知らないんだからと云おうと思ったけれど、みんなが笑って計りいるから、兎《と》に角《かく》涙を拭いて待っていたら、そのうちに私も何だか少し可笑しくなって来た。気がついて見たら、豹が何時の間にか家の中に這入《はい》って来て、みんなの間にしゃがんで一緒に笑っていた。

犬

僕は犬が嫌いではないけれども猫よりは嫌いだ。犬が何かしら人間の道徳を嗅ぎつけた様な顔をして、人間社会で云えば——と云うと今度はそっちの人に失礼になるけれども、犬は動物の中で一番幇間《ほうかん》的な存在で、犬を可愛がる人は人にへつらわれるのが好きな様に思われる。犬が人の云う事を聞くとか、恩を知ると云う事よりは、知らぬ顔している猫の方が動物としては遥に立派だと思う。僕だって犬を懐けばその犬が好きになる。しかしそれは結局その場限りの事で、犬に好いて貰いたくはない。近頃いい具合に犬の食べ物が少くなって犬の数が減るそうだが、そうなれば有り難い。そう云う事につれて猫の問題が起らないだけ猫は要領がいいんだ。犬は運動させなければならん程なら始めからそんなに沢山喰わせなければいいだろうと思う。そう云う事を今までの習慣で放って置くと、これから先夜中の丸ノ内とか、番町なんかは犬がけんのんで通れなくなる。向うの方できらりと犬の目玉が光って、ちっとも喰わせて貰えないセパードなどが、うまそうに人を喰ってしまったりして、朝起きてみたら道ばたに人骨が残っていたなどは気味がわるい。

東京日記　その十三

寝苦しいので、布団を撥《は》ねのけて、溜め息をしていると、犬が庭の一所で吠え続けて、いつまでたっても止めないから起き出して行って見た。隣りとの境にある公孫樹《いちょう》の根もとから上を見上げ、前脚で幹を引っ掻く様な事をしている。こちらから呼んでも見向きもしないで、ますますせわしなく吠えたてた。どうも何かいそうな気配なので、こちらまで不安になったが、樹の上は見えないから、そのまま寝床に帰って寝ようとすると、犬はなお八釜《やかま》しく吠えたてて、仕舞には遠吠えをしたり、それに節をつけて人間の言葉の様な泣き方をしたりした。

その声を聞きながら、うとうとしかけると、又寝苦しくなって目がさめた。犬は矢っ張《やっぱ》り吠え続けているが、何だか頻《しき》りに私を呼び立てている様で、その声の調子に誘われると、じっとしていられなかった。

又起き出して、今度は庭に下り、樹の根もとに起《た》って、梢を見上げたが、梅雨空の雲が低く垂れて、樹の頂は雲の中に食い込んでいる様に思われた。空と樹の姿との境目が解らない辺りから木兎《みみずく》の鳴く声が聞こえた。一つかと思っていると暗い葉蔭のどこか別の所からも、それに答える様に鳴く声が聞こえた。そうして次第にその声が動いて行くので、初めは木兎が暗闇の中で枝を移っているのかと思ったが、気がついて見ると方方の枝に小さくきらきらと光る物が、散らかっていて、それはみんな木兎の眼であると思われた。その間にも頭の上に、羽音はしないけれど何か非常な速さで去来するものの気配がして、何処かから無数の木兎が私の庭に集まって来るらしい。

犬は私が出て来てから後は、時時低い唸り声を出して樹の幹に自分の身体をぶつけているが、その様子を見ると、まだ何か私の気づかない事があると云う風にも思われた。

その内にも頭の上を掠《かす》めて飛ぶ木兎の数は段段ふえて来る様であったが、ただ物の影が千切れて飛んでいる様な気配で、丸っきり何の音もしないから、その度に無気味な風の塊で顔を敲《たた》かれている様な気持がした。

ふと振り返って見ると、今開けひろげた儘《まま》庭に降りて来た後の雨戸の間から外に洩れている座敷の燈りが、明かるくなったり暗くなったりして、息をしているように思われた。それで急いで中に這入《はい》って見ようとして、縁側に足をかけたら、その途端に座敷の中から、いくつも音のしない黒い影が飛んで来て、私の耳をこする様に庭の暗闇の中へ飛び出した。

驚いて家の中に這入ると、床の間にも箪笥《たんす》の上にも鴨居にも、小さな木兎が沢山とまっていた。小さいと思ったけれど、その中で不意に飛び立つのがあって、その羽根をひろげた姿を見ると、恐ろしく大きな鳥に思われた。天井に近い辺りを、非常な速さで音もなく飛び廻って、どこにもぶつからずにさっと外に出て行くのもあったが、いつの間にか又別の木兎が這入って来るらしく、そこいらの数が段段ふえて行く様であった。

波頭

私の家の犬が、また隣りの子供に嚙みついたので、もう飼って置くわけに行かなくなった。私は伯父と二人で、犬を海に捨てに行った。

犬を連れて、広場を通ったら、雲の影が大地をまだらに走っていた。犬が影と日向《ひなた》との間を縫うように馳け廻った。空を見たら、小さい千切《ちぎ》れ雲の塊りが、目に見える位の早さで流れていた。

それから、川添いの長い土手に出た。土手の川に近い側に松が列《なら》んで、それが何処迄も続いていた。犬がその松の幹に一本ずつ身体をすりつけたり小便をかけたりして、段段に先の方へ離れて行った。伯父は目尻の下がった顔をにこにこさせて、遠くに行った犬を呼び戻して見たり、又私に釣の話をしたりしながら歩いた。

土手の上を風が吹いて、松の樹の鳴ることがあった。すると私は急に辺りが真面目になって、淋しい様な気持がした。

川尻まで来て、船を借りて、犬をつないで一《いっ》しょに乗った。伯父がどこからか頭ぐらいの大きさの石を抱えて来た。私が艪《ろ》をこいで、沖の方に出た。大分波が打っていて、小さな船だから、ぐらぐらと揺れた。私の艪をこいでいるうちに、伯父はさっきの石を、犬の首輪につないだ綱に結びつけた。

そうして伯父が何だか私に目配せする様な顔をした。私は、はっとした。

「もういいだろう」と伯父が内緒声で云った。

辺りに船は一艘もいなかった。波が不規則に立ち騒いで、所所に白い波頭を立てていた。私はぐらぐらする船の中にしゃがんで、犬を抱いて頰ずりをしてやった。犬の日向臭い毛のにおいがした。それから伯父がまた犬を抱いた。犬は伯父の顔を舐《な》めていた。伯父が犬を抱いた儘《まま》、又私の方を見た。私は犬の綱の先に結びつけた石を手に取った。そうして伯父のいる方の舷に寄ったら、船が急に傾いた。その拍子に伯父は犬を海に投げ込んだ。水につく迄の一尺か二尺かの間に、犬が四本足を宙にぴくぴくさせたのが、はっきり見えた。私の手に持っていた石が、後から飛んで、先に水の中に這入《はい》ってしまった。その時、私も伯父も頭から、ひどい繁吹《しぶ》きを浴びた。そうして、もう犬はいなかった。私はだまって、力一杯に艪を漕いだ。犬の沈んだ辺りから、白い泡がいくつも浮き上がって来るのが見えた。しかし私はその方を見ない様にして、一生懸命に岸の方へ漕いで来た。伯父はどこを見ているのか、わからなかった。

陸に上がってから、又同じ道を帰って来た。伯父は一言も口を利かなくなった。私は伯父の顔を見るのがいやだった。長い土手の松並樹に風が強くなって、さあさあと云う音が絶えなかった。

北　溟

便船を待っている内に、大変な風が出て、待合所の硝子戸《ガラスど》が外れそうになった。洋服を著《き》た男が五六人、一かたまりになっていたのが、急にみんな起《た》ち上がった。そこいらをうろうろ歩き廻って、頻《しき》りに外の様子を眺めている。

私も硝子戸を透かして外を見たが、打ち寄せて来る浪は、家の棟を越すぐらい大きいけれど、水の色が水晶の様に綺麗で、広広とした砂浜を音もなく走り、待合所の板壁に当たって砕ける時は、繁吹《しぶき》がきらきらと光って、辺りをぱっと明かるくした。

待合所の戸を開けて、出たり這入《はい》ったりする者があるので、気が落ちつかなくなった。人の出た後の隙間から風が吹き込んで、そこいら一面に、椿の葉っぱの様な不思議なにおいがし出した。

次第にみんなが出て行くから、私も様子を見ようと思って浜辺に行ったら、人人が沖を見て騒いでいるところであった。

水と空のくっついた辺りに曖昧なところがあって、そこから灰色の雲を細長く伸ばした様な物が、こっちに飛んで来た。風に乗って、浪の頭を撫でる様に海の上を転がっている。見る見る内に岸に迫って、音もなく砂浜にふわりと打ち上げられた。

そのふわふわした物のまわりに、握拳《にぎりこぶし》ぐらいの膃肭獣《おっとせい》の子が沢山まぶした様にくっついていた。傍《はた》の人がそれを拾って食っているので、私も一つ握って見たら、少し温かみがあって、案外かわいているので、手の平に伝わる感じが何とも云われない好い気持であった。

食っている人の様子を見ると、一《いっ》たん口に入れて、すぐに何か吐き出し、その後を啜《すす》る様にして、いくつもいくつも新らしいのを摑まえている。それで私も手に持っているのを口に入れて、啜って見ると、紫色の汁が垂れて、葡萄《ぶどう》を嚙んだ様な味がした。

また沖の方から、さっきと同じ暗い物が、海の上をころがって来た。砂浜に打ち上げられたのを見ると、今度は麦酒罎《ビールびん》ぐらいの膃肭獣の子が、点点とまだらの様に乗っていた。少し形が大きいので、自分で首を動かして、辺りを眺めている様子が、余程はっきりしている。

しかし傍の人は前と同じ様にそれを握って口に入れた。私もそうして見たが、味は別に変わらなかった。

その後から又前と同じ様な物が、浪の上を渡って飛んで来た。風の所為《せい》だろうと思うけれど、いつまで経《た》ってもきりがない。膃肭獣は段段大きくなり、沖の空はますます物騒である。帆柱のない大きな発動機船に乗って、向うに渡る事になっているのだが、そんな船はどこにも見えないし、岸にはさっきから吹き寄せた雲だか綿だか解らない物が段段積み重なって、その中から色色の大きさの膃肭獣がのぞいたり隠れたりしている。後から来たのは顔が牛ぐらいもあった。

またみんなで待合所に帰り、戸を閉めて、硝子越しに外を見ていると、風が吹き募って、方方が、がたがたと鳴り続けた。さっきまで綺麗な大浪が走っていた浜辺はすっかりよごれて、四辺が薄暗くなり、傍の人達も次第にみんなで寄り添う様にして動かなくなった。

沖の方から大きな浪のうねって来るのが見えた。小山の様に盛り上がって、いくつもいくつも後から押して来るらしいが、浪の頂はなめらかに輝き、水は澄み渡って、海の底まで見えそうに思われた。こうして船を待っている私共のまわりが暗くなるに従い、海は段段明かるく光り出して来る様であった。

浪

私の友達が第二高等学校の教授をしていた当時の夏休みに、東京から仙台へ訪ねて行って、それから二人で石ノ巻へ遊びに行った。その晩は宿屋に泊まって、翌日何とかと云う公園になっている小山に登ったところが、おおような風が吹いて来て、足もとに太平洋が見えた。そんな大きな海を見たのは、生まれて初めてであったと思う。ひとりでに吸う息ばかりが深くなる様な気持がした。須磨や明石の長汀曲浦《ちようていきよくほ》は知っていたけれど、その時に見た浪打ち際は、一《いっ》ぱいに夏の日の照らしつけている下を何処までも見果てもなく続いて、そう云う雄大な景色を見馴れない私は、目がくらむ様に思われた。砂浜の幅が私などの考えているより何倍も広いので、余程大きな浪が打つのであろうと想像したが、その時は不思議に浪を見た様な記憶は残っていない。

それから何年か後に、今度は山陰道の米子の近くにある温泉場の海岸で、日本海の浪を見た。湯治に来ていた叔父を訪ねて、それからぶらぶらと小高い土手の様な所へ上がったら、目の下に夢の中で見る様な大きな浪が転がっていた。浪の高さは一丈もある様に思われた。じっと起《た》っている足もとに轟轟《ごうごう》と云う地響きが伝わって来て、恐ろしい気持がした。それでも別に海が荒れていると云う様子もないのが、なお更《さら》無気味に思われた。

私は瀬戸内海の沿岸に近く生まれたので、そう云う遠い海や大きな浪は見た事がなかった。子供の時備中の沙美《さみ》に海水浴に行っていた時、朝早く浜辺に出て見ると五色《ごしき》の貝殻の散らかっている渚に、高さが一寸あるかないか位の小さな波が打ち寄せて、じゅび、じゅびと砂を嚙みながら一丁も二丁も向うの方まで走って行った。鏡の様な沖には薄い海の靄《もや》がかかって、対岸の四国の象頭山《ぞうずさん》も見えない。ただ水と砂浜との間をかがる細い紐の様に、小さな波の泡が白く伸びて行くのが、遠くまではっきり見えた。

百鬼園日記帖　大正八年七月十二日

十二日土曜。土曜だけれども士官学校の授業がある。午後帰りに、機関学校で貰って来た紹介の名刺を持って芝浦へ独逸《ドイツ》の潜航艇を見に行った。今編纂している機関学校の教科書の第三巻に、ドイチュラント号の潜航記を入れて置いたのを此間校正の時読んだら何だかよく解らない言葉があるので、参考になるかも知れないと思って見に行った。人が混雑する計《ばか》りでよく解らなかった。帰りに芝口から乗り換えて外濠を赤坂見附の方へ廻った。若い女学生が二人乗っていて一人は私の隣りに腰をかけ一人は前に起《た》っていた。起っている方が山王の森を指して、あじさいがきれいに咲いていると云った。私の隣のが振り返って二人で感心していた。その時も一寸《ちよつと》振り返って見たかったけれども止めた。赤坂見附で席があいたから少し横によって、起っているのを彼女の友達の傍に掛けさしてやった。礼を云って彼女が私の隣に腰を掛けた。電車が紀の国坂をのぼりかけた時、又その女が後を振り返って、鳥が魚を捕った、何でしょう、うなぎか知らと云うから今度は私も振り返って見た。黒い水面に一尺許りの白いものがうねくねしているのが一番に目に入った。かいつぶりより少し大きい位の黒い水鳥が鰻をくわえている。鰻はその頸よりも遥かに長い。烈《はげ》しくはね返っている。恐ろしい瞬間、死の恐怖が鰻に迫っている。苦しそうにうねくねと悶え廻っているのを見ていたら何とも云えない圧迫を感じた。鳥が一度鰻をくわえたまま水の中に潜り込んで又水面に出て来た。殺してから嚥《の》もうと思っているらしい。嘴《くちばし》を彼方此方《あっちこっち》振り廻して鰻を弱らそうとするんだが鰻は益《ますます》はげしくはね返っている。一生懸命に見ていたら、電車が隧道《すいどう》に這入る少し前にまだ盛にうねくねしてる鰻を生きたまま嚥み込んでしまった。必死の努力の甲斐もなく悶え苦しみながら刻々に鳥の熱い咽喉の中に吸い込まれて行く鰻の苦痛を思った。其の前迄水の中で生きていた彼を想像した。急に水鳥の嘴にかかった時の恐怖を想像した。まだ生きている内から水鳥の胃の中に送られて、死ぬか死なないかにもう水鳥の栄養になりつつある彼の運命を考えて私は非常に気持がわるくなった。生理的に不快な気に襲われた。夜子供や町子みちのと江戸川迄出る。

東京日記　その一

私の乗った電車が三宅坂を降りて来て、日比谷の交叉点に停まると車掌が故障だからみんな降りてくれと云った。

外には大粒の雨が降っていて、辺りは薄暗かったけれど、風がちっともないので、ぼやぼやと温かった。

まだそれ程の時刻でもないと思うのに、段段空が暗くなって、方方の建物の窓から洩れる燈りが、きらきらし出した。

雨がひどく降っているのだけれど、何となく落ちて来る滴《しずく》に締まりがない様で、雨傘を敲《たた》く手応えもせず、裾に散りかかる滴はすぐに霧になって、そこいらを煙らせている様に思われた。

辺りが次第にかぶさって来るのに、お濠の水は少しも暗くならず、向う岸の石垣の根もとまで一《いっ》ぱいに白光りを湛えて、水面に降って来る雨の滴を受けていたが、大きな雨の粒が落ち込んでも、ささくれ立ちもせず、油が油を吸い取る様に静まり返っていると思う内に、何だか足許《あしもと》がふらふらする様な気持になった。

安全地帯に起《た》っている人人が、ざわざわして、みんなお濠の方を向いている。白光りのする水が大きな一つの塊りになって、少しずつ、あっちこっちに揺れ出した。ゆっくりと、空が傾いたり直ったりするのかと思われる位にゆさりゆさり動いているので、揺れている水面を見つめていると、こっちの身体が前にのめりそうであった。

急に辺りが暗くなって、向う岸の石垣の松の枝が見分けられなくなった。水の揺れ方が段段ひどくなって、沖の方から差して来た水嵩は、電車通の道端へ上がりそうになったが、それでも格別浪立ちもせず、引く時は又音もなく向うの方へ辷《すべ》る様に傾いて行った。

水の塊りがあっちへ行ったり、こっちへ寄せたりしている内に、段段揺れ方がひどくなると思っていると、到頭水先が電車道に溢れ出した。往来に乗った水が、まだもとのお濠へ帰らぬ内に、丁度交叉点寄りの水門のある近くの石垣の隅になったところから、牛の胴体よりもっと大きな鰻が上がって来て、ぬるぬると電車線路を数寄屋橋の方へ伝い出した。頭は交叉点を通り過ぎているのに、尻尾はまだお濠の水から出切らない。

辺りは真暗になって、水面の白光りも消え去り、信号燈の青と赤が、大きな鰻の濡れた胴体をぎらぎらぎらと照らした。

ずるずると向うへ這って行って、数寄屋橋の川へ這入《はい》るつもりか、銀座へ出ようとしているのか解らないが、私はあわてて駐車場の自動車に乗り込み、急いで家の方へ走らせようとしたけれど、どの自動車にも運転手がいなかった。

それでまたその辺りをうろうろして、有楽町のガードの下に出たが、大きな鰻はもういなかったけれど、さっき迄静まり返っていた街の人人が、頻《しき》りに右往左往している。方方の建物や劇場の雨に濡れている混凝土《コンクリート》や煉瓦の縁を、二寸か三寸ばかりの小さな鰻があっちからもこっちからも這い上がって、あんまり沢山重なり合ったところは、黒い綱を揉み上げる様に撚れていたが、何階も上の窓縁まで届くと、矢っ張りそれがばらばらになって、何処かの隙間から、部屋の中に這い込んで行くらしい。

その内に空の雨雲が街の燈りで薄赤くなって、方方の燈りに締まりがなくなって来た。

東京日記　その十

私は二三日前からそんな事になるのではないかと思っていたが、到頭《とうとう》富士山が噴火して、風の向きでは、微かではあるけれども、大地を下から持ち上げる様な、轟轟《ごうごう》と云う地響きが聞こえ出した。

丁度西日が富士山の向うに隠れて、街の燈りはついているけれども、空にはまだ光沢のある明かりが残っている時、九段の富士見町通を市ヶ谷の方へ歩いて行ったら、道の真正面に、士官学校から合羽《かっぱ》坂の丘を少し左に振れている大きな富士山の影法師が、山の裏側から射す明かりの中に、不思議な程はっきり浮かび出したので、暫らく起《た》ち止まって見惚れていると、研《みが》いた様に晴れ渡った空に一塊りの雲が涌いて、それが富士山の頂にまつわりつく様に思われた。

その内に山のまわりが曖昧になって、影法師と後の空との境目がなくなりかけた時、急に頂の辺りが赤くなって、さっきの浮雲の腹が燃える様な色になった。道を歩いている人人には、もう珍らしくもないと見えて、何人も立ち停まったり、振り返ったりしている者はなかった。綺麗に髪を結い上げた芸妓が二人連れで歩道を歩いて来たが、頂上が真赤になっている富士山の方を二人揃って流し目で見て、何か今までの続きのお饒舌《しゃべ》りを止めずに、横町へ曲がってしまった。

西の空が暗くなって、富士山の姿が全く見別けられなくなってからは、暗い空の一ヶ所に火が燃えている所があって、そのまわりの雲を段段に焦がして行く様に見えた。私は一つ所に立ち草臥《くたび》れて、市ヶ谷見附の方へ歩き出していたが、ますます空は赤くなって、合羽坂の向うの方だけでなく、士官学校の森の上に、いつの間にか低く垂れている霧の塊りまでが燃えている綿の様に見え出した。空の色を映してお濠の暗い水も真赤に波立ち、水面に近く浮いている藻は、焔《ほのお》の中に撚れている煙の筋の様にありありと見えた。

私は大変な事になったと思って、濠端の土手に攀《よ》じ登って、もう一度西の方を見ようとすると、微かな風が吹いて来て、松の葉をさらさらと鳴らしたが、風には香木を焚く様なにおいが乗って居り、松の葉が風にゆれると、その針葉と針葉の間に遠くから火の影が射した。

富士山のあった辺りの空に食い込んで輝いていた火の色が、次第に強くなり、それがさっきとは逆に、段段下の方へひろがって行く様に思われ出した。いつも見馴れている頂の扇の要《かなめ》を伏せた形に見える所が、その儘《まま》の姿で上の端から赤く輝き始め、次第に下の暗い所を薄赤く染めてひろがると同時に、もとの頂上は赤い光が強くなって、少しずつ半透明に輝き出した様であった。

赤い火の色が麓の方へ降りて行って、山の姿の半分位までが、明かるく光り出した時分には、要の頂上は、瑪瑙《めのう》を磨き立てた様な色になっていた。ああやって、富士山が夜の内に根もとまで真赤になってしまうのではないかと思われて、私はいつまでも香りのいい風に吹かれながら、西の空を眺めて夜明けが近づくのを知らなかった。

事の新古とハレー彗星

それは古い話だ、いやまだ割り合に新らしい、などと新古のけじめを立てて物事を考える時、私はその境目に一九一〇年のハレー彗星を思い出す。

ハレー彗星より前の事は古い。

その後なら新らしい。

一九一〇年は明治四十三年である。新らしいと云っても、「十年一昔」の単位で回想すれば大分古いが、目じるしが彗星なのだから、年数の数え方も大ざっぱでいいだろう。

尤《もっと》もハレー彗星が楕円軌道に乗って我我の地球に近づいて来る周期の計算は精密で、私の新古の算定の様に大ざっぱではない。前の時から七十五年すれば、きっとまた現われる。一九一〇年から七十五年目。今度は私はもう見られないだろう。

しかし次代の諸君はあの美しく、しかもあんなにこわい物を待って雄大なる気宇を養うがよろしい。大分先の話の様だが、そうでもない。終戦から今日迄とほぼ同じ年月が過ぎれば、夕暮れの西空に巨大な白い尾を曳いて、こっちをねらっているらしい頭部の核が、鋭い光でぎらぎら光り出すだろう。

箒星

　郷里の町の淋しい道が西に延びて、それから左に曲がっている。道の曲がった辺《あたり》を「曲り」と云った。曲りの突当りにある米問屋の屋根の棟のうしろから、大きな銀杏の頂が聳《そび》え立って、夕暮れの空に闇を振り撒く様にゆさりゆさりと揺れることがあった。米屋の裏には土手があって、大銀杏はその下の空川《からかわ》を隔てた向うの藪の中にあるのだけれど、それだけ離れた所から私の町にかぶさっている様に思われた。

　ハレー彗星は銀杏の右寄りの空に現われた。日が暮れて間もない闇の奥から、きらきらする見馴れない星が、うしろに長い光の尾を引いて、こちらに迫って来る様であった。尾の尖《さき》の薄くなった辺は、ぼんやり広がって、白い霧を吹き散らした様に消えている。私は尾の長さを自分の目で計って、一丈よりもっと伸びていると思った。

毎晩毎晩同じ姿が西の空に不気味な光を散らした。風の吹く夜は銀杏の頭が暗い空に黒い陰を仕切って、少しずつ動き廻った。その方に気を取られて、うっかり箒星の方に目を移すと、急に頭の星が光りを増して、暗い銀杏の樹冠に飛びかかろうとしている様に思われた。

私は高等学校の三年生であった。当時は夏休みが学年の変り目になっていたので、ハレー彗星の出たのは卒業する少し前であった。昼は何事もないから、いつもの通り学校に行っているけれども、いろいろ無気味な話を聞くので、どうかすると急に息が苦しくなったように思ったりした。今にハレー彗星は地球にぶつかるだろうと云う噂があって、そうなれば何もかもおしまいである。大地が割れて、海の水はざあざあ流れ落ちてしまうだろうと人人が話し合った。船頭町ではひとり者の婆さんがその話を考え過ぎて、生き長らえても恐ろしい目を見るばかりだと思ったのであろう、噂の高かった最中に、首をくくって死んでしまった。

何事もなく幾晩か過ぎると、今度は、衝突はしないがあの尾の中に地球が這入《はい》る時があるだろう、それは天文の計算によると、来《きた》る何日の夜十一時ごろである。地球が彗星の尾に包まれてから起こるかも知れない大気の異変は、予見することが出来ないと云う噂がひろまった。

私共はそう云う事を聞いたり、新聞の記事を読んでも、半信半疑で、人と話し合う折には、大丈夫にきまっている様な事を云いながら、腹の底では矢《や》っ張《ぱ》りその時になって見なければ解らないと云う、あやふやな気持もあった。

丁度その尻尾に包まれると云う晩に、同級の友達数人と西中島の表通にある西洋料理屋で会食する事になっていた。いくらか不安心なところもあるが、私一人だけ行かないのも彗星の尾を恐れている様で工合がわるく、またそれ程はっきりした心配をしているわけでもない。日暮の遅い夕方のまだ明かるい内に私が出かけようとすると、祖母が裏から声をかけて変事《へんごと》があったらすぐに帰って来いと云った。

一皿食べ終ると、この次は何にしようかと、みんなで相談してお代りを誂えるのだから、食卓の時間はいくらでも長くなった。下の料理場でとんとんと肉を叩き伸ばしている音を聞きながら、大して飲めもしない麦酒を大袈裟に注ぎ合って、談論した。幾皿かを食ってしまって、食卓の上に空皿ばかり列《なら》んだ時、中の一人が両手に肉叉《フォーク》と小刀《ナイフ》を持ち、口で楽隊の真似をしながら、当時のちらちらする活動写真の人物の様にひくひくと両手を動かして、なんにもないお皿から、何か食うような恰好を始めたので、みんな笑い合っている時、外の一人が「あっ十一時だ」と云った。それと同時に一座は笑いを止めて起《た》ち上がり、空がどうなっているかを見るために、押し合って二階の窓から屋根の上の物干台に駆け上がった。

南はジャバよ

大正十二年の大地震の前は人人の心が弛み切っていたらしい。私などには解らなかったが警世家は風潮を歎いた事と思われる。「おれは河原の枯れすすき、おなじお前も枯れすすき、どうせ二人はこの世では、花の咲かない枯れ薄」と云う唄が一世を風靡した。ラジオの普及する前の事であって、神楽坂の辻に提琴をかかげた艶歌師が声を絞っていたのを幾度も聞いた事がある。この歌が続いて起こる天変地妖の讖《しん》をなしたとも云われた。

大地震と劫火に襲われて人人のゆるんだ心が一どきに引き締まり、生き残って新らしい希望を求めた。「復興にまさる供養なし」と云う句が方方の町角や店屋の飾窓に貼られたが、一瞬の間に失った近親や隣人を哭する万斛《ばんこく》の涙がこの文句に蔵されている。渋沢栄一男爵がこの度の災厄は天譴《てんけん》であると云った。渋沢男爵はその当時既に子爵になっていられたかも知れない。その点は私の記憶が曖昧である。天譴と云われた事に就いて、その通りだと云う説と、立ち直った我我を追い撃ちするものだと云う論とがこもごも行われた事を覚えている。「枯れ薄」の歌は地震後余り聞かなくなったが、同時にはやり始めて後後まで行われた俗歌に「流浪の旅」と云うのがある。大地震の前年大正十一年の作だそうである。「流れ流れて落ち行く先は、北はシベリヤ南はジャバよ、何処の土地を墓所と定め、何処の土地の土とやならむ」まだ後に二節ある。

私は不調法で流行歌が歌えなかったが、耳の底に聞き馴れたその節は残っている。早春三月まだ梅の花が咲いている時爪哇《ジャワ》島占領の捷報を聞いて頻りに南の方の事を思った。何だか口に乗る節がある。次第にはっきりして来て、「南はジャバよ」の文句を思い出した。間に二十年の歳月が流れている。大地震当時の憂結した気持と、その気持がその儘《まま》流れ出した様な歌の節とを新版図に聯想する。珍らしい様でもあり不思議でもあり、しかしどうも繫がりがなくて可笑しい。

道を歩きながら洋杖を一振り振ってそんな事を考える。擦れ違った人が変なおやじだと思うかも知れない。しかし時候はよくなって、天地の間が明かるい。見附へ出ると軽塵を載せた南風が吹いて来る。南の空は一層明かるい。土手の向うのお濠を越えた先に美しい空が一《いっ》ぱいにひろがっている。南支那海から馬来《マレー》半島、爪哇に連らなる島島の海波が映っている様である。私は台湾から先へ行った事はないが、門司を出た翌日水天髣髴の東支那海が急に明かるくなったのを思い出す。十一月の半ばに出かけたのであるが、段段暗くなる内地を後にして、海の上で目がぱちぱちする様であった。これからはこっちも明かるくなる。しかしあっちはもっと明かるいだろう。「可愛い子には旅をさせよ」と云うのが、おやじから沢山小遣いを貰って特別急行に乗ってホテルに泊まって来るのでは何の意味か解らない如く、陰気な「南はジャバよ」はどう云う趣向の歌であるか、これからの若い者には合点が行くまい。

塔の雀

私は気持が大袈裟なのか泣虫なのか知らないが、まだ今の様に家の建ち揃わなかった何年か前などは、私の乗っている電車が両国橋を渡っただけで、もう目の中が熱くなり、一寸《ちょつと》した機《はず》みですぐに涙がこぼれそうになった。

だから九月一日には私が必ず被服廠《ひふくしょう》跡の記念堂と石原町のお寺にお詣りに出かける事を知っている友達から、今度は一緒に行こうと誘われる事があっても、いつも謝《ことわ》った。出かける前になって、家の者が同行したいと云うのも、嘗《か》つて許した事がない。自分ながら見っともなくて、人と一緒に歩けやしないと思うのである。

近年焼跡に家が建ち並んでから、震災記念堂が遠くなった様な気がする。記念堂の出来る前はなお更《さら》思い出が生生しくて、焼野原に並んだ小屋掛けの前を、身動きも出来ない程の群衆が押し合って被服廠跡になだれ込み、その翌年《よくどし》あたりにはバラック建ての二階家が、歯の抜けた様に方方に建っていたと思うけれど、町の荒れた模様は小屋掛けの当時と変わりなく、足場の悪い道にころがった石ころや煉瓦のかけらを踏みながら、前の人の足並みについて行かなければ、一足も歩く事が出来ない程の人ごみが、動きながらしんしんと静まり返った。足音もなく、口を利いている者もいないので、大きな影が被服廠跡に流れ込むとしか思われなかった。その中に挟まれて、何がどうと云う事もないのに、涙の塊りが咽喉の奥からこみ上げて来る様な気がした。みんな同じ方に向いて押されているから、人の顔は見えないけれど、銘銘勝手に泣きながら歩いているに違いない。前後左右のその気配にさそわれて、私もこんな気持がするのであろうと思った。

何か忙しい事のあった時は、自動車で出かけた事もあるけれど、大概はその日は電車に乗って行く事にしている。大地震の何日か後、まだ道端に死骸がころがっている時に、この辺りを歩き廻った事を思うと、本当は家から歩いて来たいと云う様な気持もするのである。

電車で来れば、両国橋を渡って、国技館の前で降りるか、或《あるい》は緑町まで乗ってそこから人人の列に加わる。わざわざ手前の国技館前で降りるのは、そこから歩いて荒れ果てた裏道を通り、裸坊主の様な両国駅の前で立ち停まったりする為であったが、今は立派に家が建て込んだので、歩いていると、無暗《むやみ》に道が遠くなった様に思われるばかりである。

最初の二三年にくらべて、お詣りする人の数がへった様に思った年もあったが、その後は大体固定しているのではないかと思われる。十三年を過ぎた今年でも、もう十一時五十八分の時刻はとっくに過ぎているのに、歩道の上は同じ方向に向かって行く人で一《いっ》ぱいになって、矢《や》っ張《ぱ》り自分の思う通りに歩く事は出来なかった。道の両側には不具の乞食やお線香と花を売りつけようとする汚いお神さん、鼻を垂らした女の子などがずらずらと列《なら》んで人の足許《あしもと》にいきなり額《ひたい》をすりつける様にお辞儀をしたり、押し合っている人と人との間に無理に花や線香を突き出したりする。

だまりこくった人波が震災記念堂の構内に流れ込むと、今まで押されて歩いていた人人の足が停まり、巡査や青年団の若い衆が声を渇《か》らして「御参詣のすんだ方は歩いて下さい」と連呼しても段段に人がたまって、お堂の前には中中出られないのである。

前後左右から人に押されて、足を浮かした儘《まま》、ただ人人の勢いに任せて、ぼんやりしていると、涙が眶《まぶち》を溢れそうになる。それも私一人の事ではなくて、ぐるりを取り巻いて動かない群衆の気配が私の気持を誘うのだと私は思う。漸《ようや》く押されて本堂の前に出ると、煙が濛濛《もうもう》と立ち騰《のぼ》っている。太い筒になって、靡《なび》いて、縺《もつ》れて、捩《ねじ》れて、やけの様にそこいらを這い廻った後が、お堂の横側から吹き過ぎる風に乗って、すっと消えてしまう。

今年は丁度私がその前に立っている時、人ごみを縄張りで堰《せ》き止めているすぐ向う側の台の上に起《た》った若い衆が、拡声器の喇叭《らっぱ》を口にあてて「只今納骨堂の御参詣が出来ます」と云った。その声で周囲の群衆が少しずつ動き出した様だから私も一緒に本堂の裏側に廻って見た。記念堂が出来て以来何年になるか知らないが、私はまだ一度もそのお堂を見た事がなかった。裏側に出て見ると、五輪の形をした巨大な塔が天空に聳《そび》え立って、見上げる尖端の上を白雲の塊りが流れている。一番下の薄暗い奥に何があるか解らないけれど、大きな蠟燭が宙に浮いた様にふらふらと揺れていた。どこからか飛んで来た雀が一羽、人人の頭の上を掠《かす》めて塔の軒にとまった。とまると同時にこっちに向き直ったその小さな顔が、下からありありと見える様な気がして、その途端に今までもやもやした儘取り止めのなかった自分の気持が、突然はっきりして来た様に思われた。

十年の身辺

三十三年前の大正十二年に大地震があった。当時私は小石川の雑司《ぞうし》ヶ谷《や》にいたが、近くの坂を降りた所に大塚警察署がある。警察署の前の道ばたに涼み台を据え、焚き出しの玄米の握り飯を列《なら》べて、避難者の通り掛かるのを待った。

大塚警察署の前は音羽《おとわ》の通である。江戸川橋の方から音羽通を伝って来る二十人許《ばか》りの避難者の列が通り掛かった。大地震の翌日で、多分本所深川の方の人人だろうと思われた。こちらから声を掛けて、握り飯の接待をした。みんなが幾つか食べて、お茶を飲んで、又歩き出す。郊外の身寄を頼って行くのだろう。歩き出せば、ひとりでに又行列になっている。行列が少し行ったと思うと、いきなり中程の人が一人、大きな声で泣き出した。泣きながらすたすた歩いている。突然で、突拍子もない調子外れの泣き声で、黙って歩いて行く行列にも、潰れていない両側の家並みにも調和しない。しかし聞いている方で目を伏せる様な気持がした。道ばたの玄米の握り飯を食ったのがつらかったのか、潰れて焼けた自分の家の事を思い出したか、身内に横死した人でもあったのか、それは泣き声を聞いただけでは解らなかった。

十年前の昭和二十年三月十日の晩に、本所深川が絨毯《じゅうたん》爆撃を受けた。そのあおりで麹町九段の一帯も焼き払われ、私共の前の往来を真直ぐに行った二七《にしち》の通まで火勢が迫って来た。火の手が近いと云うのでなく、燃えて来る燄《ほのお》の姿がその儘《まま》に見える程そば迄焼けて来た。

大きな燄の中から、三十三年前の地震の行列みたいな行列が歩いて来た。真暗な筈の往来が、近くの火柱と空を流れる赤い煙塵の為に、人の眉の毛が見える程明かるい。その赤い明かりの往来の上を、黒い人影の列が近づいて来た。

まだ私共の前に掛からぬ前から、屈託のなさそうな大きな声が聞こえた。

「やりやがったな」「とら刈りを刈りなおしたんだろ」「わっはは」

アスファルトの道にカラカラと下駄を鳴らしているのもある。前を通る時見ると、銘銘荷物を背負っている行列の中に、三味線を一棹《ひとざお》、胴を上にしてかついでいるのもいた。

「何しろ、せいせいしたね」

「そうよ、全く、さっぱりしたぜ、お蔭で、こん畜生」

そうして段段餤の明かりから遠い土手の暗闇へ遠ざかって行った。

私が焼け出されたのは、それから二タ月半後である。焼ける前まで、形勢が緊迫して何事も手につかなくなったから、と云う理由ではなく、その前前の何年もの間、或《あるい》は十年近くの間にいろんな得体の知れない、意味のない物が積み重なり、居間にも廊下にも本や書類の塔がいくつも出来て始末がつかなくなった。書斎は最もひどく、足を蹈み込む事も出来なかった。書斎の押入れには人に見られては困る絵や書き物がしまってあり、その内何とか処理しなければならないと思いながら、その儘《まま》になっていた。

そこへいい工合に焼夷弾が落ちて来て、一切万事みんな灰にしてしまった。九段の方から列んで来た焼け出されが大きな声で云った通り、全くのところ、さっぱりして、せいせいした。

地震の行列が泣き出したのは、天を恨んだのだろう。空襲の焼け出されが、からから笑って通ったのは、かねて覚悟が出来ていた為だろう。私なども覚悟はしていた。その上に自分でどうにもならなかった座のまわりを綺麗にしてくれた。

それから又十年経った。二三年前から、そろそろ身のまわりが焼ける前の通りになりかけている。今の家は空襲に遭った家よりは狭い。狭いからいろんな物の積み重ねが場所ふさげをする事になると、一層狭くなる。もう大分前から、書斎には這入れなくなった。山の様に高くなったのは何であるか、その儘そうして置かなければならぬ物か、否か、と云う吟味をするのが大変だから、ほってある。

書きつけを積んだ上に一束の郵便物がある。半年この方いつも気にしながら、まだ紐を解かない。何だと云うと、お正月の年賀状である。その時つい目を通すのを怠った為に、しかし折角寄せてくれた賀状をその儘にしては相済まぬと思うから、その内見ようと思ってそこに置いてあって、そうしてその儘である。

身辺万事がこうなった上は、もう一度B29でも呼んで来ない限り、らちは明かないのではないかと案ずる。

いたちと喇叭　鼬の道切り

空襲の焼夷弾で焼かれる前の私の住いは、裏庭が大屋の前庭に続いていた。大屋の玄関口が私の住いの裏にあったので、その玄関前の庭の一部を区切って借家の庭にしたのである。だから目かくしの屛はあっても、庭は続いている。桜や桃が散った後の季節になると、その庭にいろんな花が一時に咲き乱れて、爛漫と云うよりは滅茶苦茶な、気が違った様な花盛りになる。一番多いのは椿であって、咲いた先からじきにぽたぽた落ちる。

幾日か後にはどの花もみんな散ってしまい、燃え立った様だった枝が暗くなって地面が急にきたなくなる。

その時分の或る日、家にいてぼんやり庭を見ていると、右手の方から地面の黒い土の表がずれて行く様に何か動いて来た。

鼬《いたち》の大群である。何十いるか何百いるかわからない。頭を同じ方に向けて、隙間もなくくっついて、かたまって、するすると移動して行く。見ている目の先の庭を斜に横切り、隣りの広いお屋敷の境の屏の陰に消えて行った。

屏の裾に隙間か穴があったのだろう。

集団の最後が行ってしまって、また庭の土の色が見え出した時、何かほっとした気持がした。鼬が通っても別にこわくはない。又明かるい昼間だから、別に無気味と云う事もない。

しかし、ふだん見馴れない鼬があんなに群れをなして目の前を通り過ぎたのは、どう云うわけだろう。恐ろしくもなく、ぞっとしたわけでもないが、後に何だかいやな気持が残った。

その時分には、もう燕が渡って来ていた。近くにはお濠もあるし、土手もあるし、又表の往来もこの頃の様にすっかり鋪装されていたわけではないから、道ばたに泥の所もあった。

その上、あれはどう云うつもりだったのか、私の所の前など、歩道は一尺角ぐらいの四角い混凝土《コンクリート》の瓦できちんと敷き詰めてあったのを、勤労奉仕団の中学生を使って、すっかり掘っくり返してしまった。

だから私共はみなその掘り返した後の歩道に菜園《さえん》をつくり、不自由だった食糧の足しにした。

町中の道ばたに畑があるのも、渡って来た燕には都合がよかったであろう。歩道の露出した土の上に燕が降りているのをよく見受けた。

或る日の午頃《ひる》、私の家のすぐ近くの、麴町四番町、今は日本テレビが出来ているあたりの空に、どこから飛んで来たか、数千羽、或《あるい》はもっと多かったかも知れないが、突然燕の群れが集まって段段に数を増し、天日《てんじつ》為に昏《くら》しと云う様な物凄い事になった。

空で燕が何をしているのかわからないが、交歓ではないらしい。喧嘩或は戦争の様である。なぜそんな事になったのか、何かの前兆か。瑞兆《ずいちょう》か凶兆か。田舎の町で育った子供の時以来、年年燕には馴染みがあるが、お城の鴉と山の鴉とが空で争っているのは見た事があるけれど、燕の喧嘩は見た事がない。第一こんな大群、大集団の燕を想像した事もない。

近所の人人、通り掛かった通行人もみんな空を仰いで不思議がった。その内何かの切っ掛けで天をおおった黒い群れが散り始め、忽《たちま》ちさっと消えた様にいなくなって、もとの青空に返った。

燕と云い鼬と云い、なぜそんな事があったのか、わからない。間もなく辺り一帯は焼き払われ、鼬の走った地面には真赤に焼けた柱や屋根がかぶさり、燕の集まった空には、大きな火柱がきりきり捩《ね》じった様に巻き上がった。

東京日記　その二

夏の防空演習の晩、よそから裏道を通って帰って来たが、燈りがない上に空が曇っていたので、自分の歩いている足許《あしもと》も見えなかった。

大体の見当で歩いて来たけれど、何処かで曲がり角を間違えやしないかと云う様な心配をした。何だか解らないが、色色のにおいが微かに流れて来る様に思われた。その正体を気にするわけではないけれど、真暗な所を歩いている内に、段段においが異って来るので、いらいらする様な気持がした。

家の近くの道角を曲がり、広い通に出たら、いくらか道の表が薄白く見える様に思われた。しかしそう思って、少し遠くを見極めようとすると、矢っ張《やぱ》り黒い霧が降りている様に曖昧《あいまい》で何も見えなかった。

不意に私の横を馳《か》け抜けた者があったが、姿は見えないけれど、防護団のだれかであろうと思った。真暗がりの中に靴底の鳴る音ばかりが、ばたばたと聞こえて、それがいつまでたっても同じ所を踏んでいるのではないかと思われた。

そう思っていたが、その内に、その足音は一人の靴音でなく、大勢の草履《ぞうり》か草鞋《わらじ》の音が揃っているのではないかと思われ出した。

家のすぐ近くの大きなお屋敷の前まで来ると、暗がりの中に大門が開けひろげてあるらしく、そこから列をつくったものが粛粛と門の中に這入《はい》って行く様に思われた。風態も人別も解らないけれど、余程大勢いる様で、お屋敷の長い塀にそってぞろぞろと出て来て、二列か三列の縦隊になって、門の中へ吸い込まれている様子であった。

何の事だか解らないので、暫らく起ち止まって見たが、向うからむんむんと人いきれがにおって来るのに、物音は何も聞こえなかった。そう思って耳を澄ますと、足音が揃っている様にも思われたけれど、それもそのつもりで聞き定めようとすると、矢っ張り曖昧であった。

不意に向うの森の見当に警報解除のサイレンが鳴ったと思うと同時に、お屋敷の筋向いの格子《こうし》の中から、ぼんやりした燈りが往来に流れた。弱い光だけれども、それで辺り一帯の闇は消えて、お屋敷の塀にも薄明りが射した。

お屋敷の門は一《いっ》ぱいに開いているけれども、その辺りに人っ子一人いなかった。塀際を列になって待っている様に思われた人の影もない。前燈を覆った自動車がのろのろと通り過ぎたり、防護団が二三人かたまって道端を歩いて行ったりして、そこいらの様子に少しも変わったところはない様に思われた。

暗闇

夜寝る時、灯りを消さないと寝つかれないと云う人の方が多い様だが、私は真暗では息苦しくて眠る事が出来ない。子供の時は夜の灯りが洋燈《ランプ》だったので、その儘《まま》にして寝ると鼻の穴が朝までに真黒になり、又寝た間に石油に火が這入ると油壺が破れて火事になる恐れもある。それで有明けの行燈《あんどん》をともして寝た。

東京に出て下宿する様になった初めの頃は矢張《やは》り洋燈をともしていたので、本郷の一高前の荒物屋から小さな行燈を買って来て、有明けにして寝た。その当時でも行燈はもう珍らしかったから、荒物屋に売っていたのが不思議に思われたくらいである。同宿の学生達にそんな事をする者は一人もいなかったので、みんな私の行燈を珍しがった。私の部屋は階下の廊下に沿った便所に近い所にあったので、夜半に上厠《じょうし》する者がある時は私の部屋の障子をぼかしている薄明かりが役に立った事だろうと思う。

電気になってから、時時停電で灯りが消える事があっても、どこかに系統の違う線の灯りがともっているから、一時に辺りが真暗になると云う事はない。長年ずっと東京にいて、田舎の旅に出た事がないので、本当の真暗がりと云う感じは大方忘れかけていた。秋の宵に町中の生垣の間を散歩して夜空の星を仰ぐ時などは、そこいらにきらきら光っている必要もなさそうな街燈が目の邪魔になって、東京と云う所では既に夜の趣も失われてしまったと思う事があった。

大地震後に初めて電車が動き出した時、外濠線の飯田橋から四谷見附までの間を日が暮れてから乗ったところが、明かるいのは電車の中だけで、濠も向うの土手も家並もみんな一色の真黒な大きな塊りになって薄明かりの空の下に無気味な輪郭を仕切っていた。子供の時の記憶に残っている田舎の闇よりも、大きな都会の暗闇の姿の方が余程恐ろしいと思った。四谷見附から先はまだ通じていなかったので、そこで電車を降りると監督の様な男が二三人、電気局の提灯をともして暗い道端にしゃがんでいた。赤坂離宮の見当から紀ノ国坂の辺りへかけて、まだその向うに果てしもなく続いている大きな闇が、目の前にぼんやりした光りを流している小さな提灯のために、ますます奥深く思われた。

大地震以後の暗闇はこの頃はやる防空演習の夜である。今年もその日が近づくといろいろ気になって、晩をどうして過ごそうかと思った。薄暗くしたり消したりともしたり、表に声が聞こえると又消して暫らく真暗がりの中に坐っていると云う様な事をしていては、何を考える事も出来ない。

「あなたはそう云う事に煩わされる心配がなくて羨ましい」と私は盲人の宮城道雄氏に云った。

「みんな何をばたばたしているかと考えて、平気なものです」と云って撿校《けんぎょう》が笑った。

去年の消燈の時は、表に出て見たら界隈一帯闇に押し潰された様な感じで、つい少し先まで道の表に空の星明かりが映って薄白く見えているけれども、その先はもう両側の暗闇と見別けのつかない一色の黒い塊りになっていた。

今年は雨が降っていたので外にも出られないし、仕方がないから早くから寝てしまった。私はまだ灯りのついているうちに寝床に這入り、私が寝入ってしまったら家じゅうの灯を消してみんな寝てしまえと家の者に云いつけておいた。

夜半ふと目がさめた。目蓋《まぶた》の上をぐうと押されている様な気持で目があいたけれど、目を開けてもつぶっても同じ暗闇で、寝床の廻りは勿論《もちろん》、向うの窓のある辺りを見つめても薄明かりさえ射していない。私はどちらに向いて息をしていいか解らない様な気がして、胸が苦しくなった。

暗所恐怖

暗所恐怖

暗い所はこわい。

大体だれも同じだろうと思う。

しかし暗闇と云っても、家の外にいる時は、月のない晩でも星明かりで足許は見える。曇って空がかぶさっていると、真っ暗がりで鼻を摘まれてもわからないと云う事になるが、それでも雲の裏には何となく薄明かりがあり、暗い中に落ちついていれば、身辺の左右前後ぐらいはわかる。

町裏の暗い道を歩きながら、全くどっちへ行っていいかわからなかったと云う記憶もあるけれど、そんな事は珍らしい。何所かに何か知ら明かりはある。一つ明かるい所があれば、大体の見当はつく。

ところがそれは家の外の話で、うちの中では一たび明かりを消せば、本当の暗闇になる。もう寝るのだからと云うので燈火を消してしまえば、重苦しい大きな黒い塊りの底に横たわっている事になる。

私は子供の時からの仕来《しきた》りで、夜寝る時はいつも枕許に有明行燈《ありあけあんどん》が置いてあったので、それが癖になり、或《あるい》は我儘《わがまま》も手伝っているか知れないが、明かりを消すと寝つかれない。真っ暗になった途端に息苦しくなり、どっちを向いて呼吸をすればいいかわからない様な気持になる。

雨戸を閉めた部屋の中が暗くなれば本当の闇である。そんな中で、その黒い塊りの下敷きになって眠ってなぞいられない。

二十歳《はたち》頃東京に出て来て、本郷の素人下宿の厄介になったが、初めの内はまだ洋燈《ランプ》時代だったので、寝る時になれば家の中の燈火はどの部屋もみな消してしまう。仕方がないから本郷森川町の通《とおり》の荒物屋から小型の行燈を買って来てそれをともして寝た。障子の外が手水《ちょうず》に行く廊下だったので、二階から真っ暗な中を手さぐりで降りて来た同宿の学生が、足許が明かるくて難有《ありがた》いとよろこんだ。

家の中の暗闇は困る。身のまわりが不便だと云うだけでなく、少しく無気味なところもある。闇はこわい。随分前に、移転前の巣鴨監獄を見学した事がある。電燈はついているのだが、万一の停電に備えて、通路の廊下の非常に高い天井裏に、吊り洋燈がともっていた。刑務所の中では真っ暗闇にする事は避けるのだと云った。

もう一度家の外の暗がりの話に戻る。暗がりは戸外の明かりが少かった遠い昔にさかのぼる迄もなく、戦争中の空襲に備えた燈火管制で、一歩外へ出れば墨を流した暗闇であった当時、私は二度足を奪われて闇の中に顚倒した。一度は麻布の水交社の玄関前で、一度はどこだったかの倶楽部の防空壕の中へ。いずれも遮蔽《しゃへい》した燈火に馴れた目で外へ出た途端の災難であった。

いよいよ空襲を受ける様になり、敵の焼夷弾で焼き払われた界隈は、晩になると真の闇で、所所の掘っ立て小屋からは何の明かりも洩れては来ない。今度は遮蔽しているのではなく、電柱が焼け電線が切れた儘《まま》の停電はいつまで続くかわからない。毎晩毎晩蠟燭をともしてもいられない。仕方がないから早いとこ寝てしまう。だからどこからも明かりが洩れて来るわけがない。そこで外の暗い道を歩いていると、向うからやって来る人に衝突する。これを避ける為に、襟の所へ発光塗料を塗った小さなバッジを著《つ》けて歩く事がはやった。向うから薄青い小さな光りがやって来る。それが人間である。

暗所恐怖　広所恐怖

昔、「境界の状態《グレンツ・ツーシュテンデ》」と云う独逸《ドイツ》語の本を読んだ事がある。気ちがいと普通の人間との境目の状態を書いた物で、随分おもしろかった。

そんな本が面白かったと云うのは、すでに少少おかしいのかも知れない。だだっ広い所が恐ろしいと云う経験は持っていなかったが、陸軍士官学校に奉職中の或る朝、淡雪が降って、あたりが薄っすら白くなった。

士官学校の裏門から這入《はい》って行って、広い長方形の中庭の向うにある文官教官室へ渡ろうと思う。

中庭は恐ろしく広い。幾坪ぐらいと云う事は云えないが、そこで生徒隊の各兵科の中隊分列行進が出来る程の広さである。

中庭の両側には二階建の生徒舎や講堂があり、長い廊下がついているから、それを伝って行けば足もとはらくである。しかし広い中庭を斜に渡って行く方が近道である。

私は躊躇なく、一面に真白い薄雪を敷きつめた中庭に蹈み込んだ。

雪は積もったと云う程の深さではない。雪があるのはほんの上《うわ》っ面《つら》だけで、靴の裏には地面の土の感触があった。

その上を少し歩いて行くと、急に気分が悪い様な、目まいがする様な、何だかわからないいやな気持になった。非常に不安で、足もとがかくがくする。何しろそこに起《た》ってはいられない。

その、わけのわからぬ不安感、寧《むし》ろ恐ろしさと云った気持は、未だ嘗《か》つて経験した事のないもので、見果てのない大海原《おおうなばら》にただ一人取り残されている様である。

広い中庭の上っ面に薄雪が降り、その上をだれもまだ歩いていないので、足跡一つ残っていない。一面平らで、どこ迄も白く、皚一色《がいいっしょく》、本来の広さの何倍も広く思われる。そこへ蹈み込み、一人で歩いている内に、いつか本で読んだ事のある広所恐怖に襲われたのであろう。

薄雪の上に起ちすくみ、何かに取りすがりたくても何もない。がくがくしながら、歩いて行く方向から急いで横にそれて、中庭の縁にある廊下に馳《か》け上がった。

廊下から見渡せば、成る程広い。あんなに広い所を一人で歩いて渡れるものではない。ああ、こわかった。ここへ上がればもう大丈夫。しかしこの恐ろしさを人には話せない。話してもわからないだろう。

暗所恐怖　高所恐怖

私が子供の時分、まだ若かった父が白い六尺褌《ふんどし》一本の裸で裏庭へ出て来た。夏の夕方で、多分お膳の後の一杯機嫌だったのだろうと思う。

井戸端の横の小屋根に、だれかが何かで登った後の梯子がその儘《まま》立て掛けてある。裸の父は何を思ったか、その梯子に手を掛けて登り始めた。

勢いよく登って段段上に上がり、小屋根の庇《ひさし》に手が届く所まで行った時、急に梯子の上で父が変な声を出した。早く、だれか来てくれ。

そこいらにいた倉の者が驚いて馳け寄り、どうなさいましたかと聞く。早く後ろから抱いてくれ。

後で考えると、父はそこまで登った梯子の上で、高所恐怖に襲われたのである。

高い所へ上がったと云っても、せいぜい小屋の廂である。そこで足ががくがくし出したのだろう。倉の者に後ろから抱えられて降りて来た。

父に在ったその様な素質は、私にも遺伝しているらしい。

郷里岡山の目抜き通の突き当りに坂があって、坂を登った丘の上に県庁があった。その坂を県庁坂と云う。

県庁坂の北側に県庁の建て物があり、往来を隔てた向うの南側に小公園があって、亜公園と呼んだ。後楽園に亜《つ》ぐ公園のつもりなのだろう。

亜公園の呼び物は四層楼であった。木造の四階建ての高楼で、料金を払って登ると市内近郊が一眸《いちぼう》の中におさめられる。

四階だから大して高くはないが、地勢が丘の上で、その突端にそそり立っているので、上まで登れば随分高い。

よせばいいのに物好きで、私は子供の時その四階楼へ登った。階段をぐるぐる伝って上に出る迄は何でもなかったが、一番上の四階に出た途端、方方の景色を見渡すどころではなく、いきなり目がくらんで、足もとががくがくして、そこに起《た》っていられなくなった。あわてて降りて来たが、青くなっていた事と思う。

後年、私も育って大きなおやじになり、日本郵船の嘱託になった。一室を与えられて、その中で澄ましていたが、最初の私の部屋は六階であった。

六階の部屋の出入口と反対の側に窓がある。窓の下は空地になった中庭である。六階だからそこから見下ろすと地面までは大分遠い。それがいけないので、暫らく窓からのぞいていると、窓枠の内側にある足もとが変な工合に不安になって来る。何かの必要で窓の外を見なければならない場合は、会社で店童と呼んだ部屋の給仕に代って貰う。

時時外部から人が訪ねて来る。私が会社勤めをしていると云うのが面白かったのだろう。いろんな人が来たが、その中の一人がこんな事を云った。よくこんな高い所にドアを閉め切って坐っていられますね。僕だったら御免蒙る。

高所恐怖の程度が、私よりは進んでいるらしい。

東京タワー、巴里《パリ》のエッフェル塔などの話を聞くけれど、何の為にそんな高い所へ登ろうとする人があるのか。物好きも程程にしたらよかろう。こちらは想像しただけで気分が悪くなる。伊太利《イタリー》のピサの斜塔は八層楼だそうだが、次第に傾いて来て、何十年か前の測定でも垂直線から五米《メートル》傾いていると云う。今はもっとかしいでいるかも知れない。それで引っ繰り返らなければ、全く天下の奇観である。今の言葉で申さば観光資源に違いない。少くとも垂直線から五米、のめりそうになっているピサの八層楼の上から下を見たらどうだろう。行った事はないが、思うだに肌《はだえ》に粟《あわ》を生ずる。

蚤と雷

夏は明かるくていいけれども蚤と雷に困る。この頃は、家が狭いから掃除が行き届くと見えてあまり蚤がいない様だが、一たん喰われると、すぐその後がふくれ上がって、大きなほろせになる。おまけに大概一つではすまないので、そこいらに条《すじ》を引いた様に、ほろせがいくつも連らなるのを見ると、そんなに嫌いなのだから、方方喰い散らされる間、知らずにいると云う筈がないので、蚤の歩いた後がほろせになるのではないかと考えたりする。一どきにふくれ上がったほろせは、どれもこれも一様に痒くて、どれから先に爪形をつけて潰していいか解らなくなってじりじりする。蚤に喰われるのはいやだが、しかし一たび食われた上は、そのほろせを爪で潰す気持は、人生至楽の一つである様にも思われる。初めは縦に筋をつけ、次に横に刻み、小さな格子になった上を、今度は斜に爪形を入れる。一番痒いところは、ふくれ上がった周囲の境目である。そこの所をぐいぐい爪で押しておくと、ほろせの大きさが、今爪で凹ましたばかりの所まで拡がって、初めの倍になり、それを幾度も繰り返している内に、ほろせが段段大きくなって、差し渡し一寸位になった事は何度でもある。

陸軍士官学校の教官をしていた時、同僚の某老先生が「昨夜はどの子も寝ないので、夜中に起きて蚤を捕ってやりましたところが、なんと八十四捕れましたよ」と云うのを聞いて、私はその場で地団駄を踏む様な気がした。じっとしていられないので、黙ってそこいらを歩き廻った。

雷は嫌いと云うよりも怖いのであって、怖いと云ってもまだ適切でない。遠雷のどろどろと鳴る音を聞くと、その途端に気分が鬱して、上厠《じょうし》したくなる。太古原人の時代に、敵に追っ掛けられるとその場に脱糞して、一つには逃げ出す自分の身体を軽くし、一つには迫って来る敵にいやな思いをさせたと云う旧い本能が私に宿っているらしい。私の飼っている小鳥が時時何かに驚くと、平常籠の下の盆に落としているころころしたのではなく、何だかべたっとした、きたない糞を垂れるのもきっと同じ気持であろうと思う。

私はその戦法を無意識に雷に向かって用いているわけだが、相手が相手だから、利き目はなさそうである。

一番雷を恐れたのは、中学の上級から高等学校の生徒当時であろうと思う。毎日お午時分《ひる》になると、その頃いた家の二階の裏側に納戸があって、上の方に高い窓がついていたので、その窓に足継ぎをして攀《よ》じ登り、昔にだれか年寄りが使ったらしい黒硝子の嵌《は》まった縁の恐ろしく大きな眼鏡を掛けて、西北を取り巻いた遠い山の上のぎらぎらする空の奥から、雲の峯がどの位出ているかを一生懸命に調べた。私の郷里の夕立はいつもその方角から来るので、偶《たま》に西南の空が暗くなる事があると、そちらは昔の藤戸の渡しのあった辺りになるので、「藤戸に夕立をつけた」と云って人人が警戒した。その方からやって来る夕立は必ず烈《はげ》しい雷を伴なった。しかし藤戸の空は、その家の二階からは見えないので、黒眼鏡で観測する事は出来なかった。黒眼鏡を掛けたのは、そうしなければ真夏の空の光りが強過ぎて、目が眩んで見ていられなかったからである。

そうやって観測した結果、今日はあぶないと思う日には外へ出ない様にした。又そう云う日には、まだ雷の鳴り出さない何時間も前から、何となく身体の工合が悪くて、外へ出ると云う気にもなれなかった。私の雷雨の観測は殆ど百発百中の概《おもむき》があった様である。

東京へ出てから後も雷を恐れ続けた。よく傍《はた》の人が、そんなに恐れなくても、滅多に落ちやしないとか、落ちても市内は大丈夫だよなどと云って私を慰めたり笑ったりした。しかし、雷を怖がるのは落ちるとか、落ちたらどうなるとか云う様な事ではなくて、音が恐ろしいのである。却《かえ》って霹靂《へきれき》よりは遠雷の迫って来る響の方が不気味な位である。どろどろと云う音が腹の底まで伝わり、気分は重く、忽《たちま》ち上厠したくなる。

士官学校の私共の授業は、いつも午前中に終ったので、午後から雷の鳴りそうに思われる日は、家へ帰らずにすぐに東京駅へ行って、中を歩き廻ったり、待合室で煙草を吸ったりして、夕立の通り過ぎるのを待った。

家にいる時でも、空模様が怪しくなると、あわてて支度をして、俥《くるま》で電車の停留場まで駈けつけ、そこから電車に乗って東京駅へ避難した。

東京駅は家も大きいし、人が沢山うろうろしているから気がまぎれる上に、絶えず頭の上を通る汽車や電車の響で、無気味な雷鳴を胡麻化すのに都合がいい。

私がそう云う事をするのを、大袈裟だと云った人もあるが、それは本当の雷嫌いの気持を知らないのである。

外に逃げて行かれない時は、家を閉め切り、蚊帳を釣ってその中に小さくなっている。私一人だけ這入《はい》っているのでは気がすまぬので、家内一同、女中までその中に這入らせるから、風は通らないし人いきれで苦しいので、傍の者が迷惑したらしい。

漱石山房に行っている時、雷が鳴り出したので、私が坐ったなり海老の様になっていると、漱石先生が麦酒《ビール》でも飲んだらよかろうと云われた。

女中の持って来た麦酒を、お酒のきらいな漱石先生も一杯飲んだと見えて、雷鳴の隙間に私が顔を上げて見たら、先生は金時の様な色になって、曖昧な顔をして居られた。

この頃は昔ほど雷に気を遣わなくなったので、少し不思議な気持がする。

東京に雷が少くなった為かも知れないが、一つには年を取って、感受性が鈍ったのではないかとも思う。

雷　鳴

　近頃はそれ程でもなくなったが、若い頃には雷が恐ろしくて、空に雲がかぶさり、或《あるい》は庭先にまだ日が照っていても遠くの方を黒雲が取り巻いて、どろどろと云う石臼を碾《ひ》く様な響きが伝わって来ると忽ち身体が硬くなり、腹の底が冷え込んだ。

　じっと落ちついていようとしても、そうしていられない。家にいる時はすぐに身支度をして出掛ける用意をする。何処へ行くかと云うに、その当時出来上がったばかりの東京駅の待合室が一番いい。三越の人ごみにまぎれ込んだ事も何度かある。こわいと云うのは命が惜しいからに違いないが、その場の気持では命は第二であって、ごろごろと云う音が恐ろしい。霹靂《へきれき》よりは遠雷の轣轆《れきろく》の方がいけない。東京駅や三越へ逃げて行くとその音をじかに聞かずにいられる。家から電車の終点まで人力車で馳けつける。車屋は何の用事で私がせかせかしているか知らなかっただろう。

雲脚が速くて逃げ出す暇がない時は昼間でも雨戸を締め切って、蚊帳を釣らせる。私一人でなく家の者みんな、年寄りも子供も中に這入《はい》らせる。台所でことこと音をさせている女中も呼び込む。死なば諸共などと云う考えではない。蚊帳の外に人が残っていると気が散っていけない。気が散るとなおの事雷がこわくなる。みんなは私の様にこわがっていないし、群馬の方から来た女中などは何とも思っていないかも知れない。蒸し暑いのに雨戸を閉めて蚊帳を釣って、狭い中に幾人もかたまっているから暑くて堪らなかった事であろう。しかし私は悪気で人を困らしているのではない。

そうして身を縮めている間に、こわいこわいが高じて憚《はばか》りへ行きたくなる事がある。みんなを蚊帳の中へ残して、一人で雷鳴の中の廊下へ出るのは甚だつらい。雨戸の隙間から青い色をした真昼の明りが射し込んで、縁板に樹の枝の影を映している。鋭い稲妻が走るとその隙間を無理にひろげる様に思われる。昼間の稲妻でも雨戸の閉まった暗い内側で見ると無気味な赤味を帯びている。上厠《じょうし》するにはそう云うこわい所を通らなければならないし、又その行く先に暫らくしゃがんでいるのも気が気でない。恐ろしいものに会うと体内の不用の物を出して身を軽くする。それは逃げ足を速くする事になり、後から追っかけて来る敵にいやな思いをさせる役にも立つ。雷騒ぎは長い間の事なので段段に馴れて、仕舞には遠雷のどろどろと云う響きを聞いただけですぐ上厠する癖になった。

戦争中に敵の飛行機の襲撃がないとは限らない。空襲はこわいけれども実はまだ想像である。尤《もつと》も事実よりは想像の方がこわいとも考えられる。私は霹靂よりも遠雷を恐れた。こわければその備えをしなければならない。近所の庭樹に落雷してから蚊帳を釣るのでは遅い。夜の空襲警報であったら、先ず電気のもとを消す。いつも用意してある蠟燭に火を点して、その明りで遮光の処置をする。外に近い電気を一つ一つともらぬ様にした上でもとを点して用を弁ずる。場合によっては消した儘《まま》にして、種油に燈心を浸した昔の行燈の皿の様な物に火をともす。

昼間であったらその準備はいらない。何をしていても直ぐに身支度に取り掛かる。愚図愚図してはいけない。万事はその上の事であると家人に申し渡してある。

こないだの朝、最初の空襲警報があった時、無気味な音を聞いてそら来たと思った。かねて覚悟の上である。直ぐに支度に取り掛かる様にと命じた。私も勿論率先そのつもりであった。ところが、どうも工合が悪い。直ぐに身支度を調えるわけに行かない。躊躇した挙げ句に憚りへ這入ってしまった。裏の露地を足早に行き来する足音を聞きながら、すぐに出る事も出来ない。結局雷様と同じわけだと考えて気ばかりいらいらした。

東京日記　その六

私がまだ行った事がないと云ったので、友人が私をトンカツ屋へ案内してくれた。銀座裏の狭い横町で、表には人が通っていなかった。

「随分静かな通だね」と私は愛想を云って、友達の後からトンカツ屋の店に這入《はい》った。

店の中にも相客がいなかったので、私と友達とは一番隅の卓子《テーブル》に向かい合って席を占めたが、私が奥の方に腰を掛けたから、自然の向きで、入り口の暖簾の下から表の往来の地面が見えた。

トンカツを揚げる鍋がしゃあしゃあ云っている間に雨が降り出したと見えて、表の道に水が流れ出した。しかし鍋の音が八釜《やかま》しいので雨の音は聞こえなかったが、その内に濡れた地面を鋭い稲妻が走り出した。

「いつでもお客が一ぱい《いっ》なのに、今夜は変だな」と友達が云って、辺りを見廻した。

麦酒《ビール》を飲んで、トンカツを食いかけたが、うまいので、暫らくの間夢中になっていると、その間にお客が這入って来たらしい。辺りが何となくざわついていて、私共の食卓の上にも人の気が迫って来る様に思われた。方方で皿の音がしたり、コップが鳴ったりしたが、その間に得態の知れない物音が混じって聞こえた。何処かで水を汲んでいる様に思われたけれど、それが一つの音でなく、微かな音がいくつも集まっているらしい。だからどっちの方から聞こえて来ると云うのでなく、辺り一体がそう云う音でざわついた。

表の稲妻は次第に強くなって、暫らくの間は、青い光で往来を照らしっ放しに明かるくする事もあったが、雷の音は聞こえなかった。鳴っているのかも知れないけれど、自分の気持に締まりがなくなった為に、聞き取れないのだと云う風にも思われた。往来の雨水が皺になって流れている。その上を踏んで、まだ後から後からとお客が店に這入って来るらしい。

一緒に来た友達が人の顔ばかり見ているので、どうしたのかと思ったが、さっきから口も利かない。まわりがざわざわして、隣りの席からも向うの席からも、相客がこちらに押して来る様で息が苦しくなった。

だれかが咳払いをしたか、或《あるい》は食べ物が咽喉に閊《つか》えて噎《む》せたのか、変な声をしたと思ったが、くんくんと云った調子は、犬の様であった。

不意にひどい稲光りがして、家の中まで青い光が射し込み、店の土間にいる人人を照らした。その途端に屋根の裂ける様な雷が鳴ったので、驚いて起《た》ち上がったら、土間に一ぱい詰まっているお客の顔が、一どきにこちらを向いた様であったが、その顔は犬だか狐だか解らないけれど、みんな獣が洋服を著《き》て、中には長い舌で口のまわりを舐め廻しているのもあった。

藤の花

夕方から独酌で飲み続けていた酒が、大方なくなりかけた頃、表に人の気配がして、女の声が聞こえた。

何だか早口に、二言三言云ったらしかったけれど、それは聴き取れなかった。

「よろしいんでしょう。御免なさいね」

しまいに、そう云ったらしかった。そうしてもう私の前に坐っていた。

私が盃をさしたら、あざやかな手つきで受けて飲んだ。

それから、私に酌をしてくれた。

もう酒がないのではないか知ら、とちらりと思いかけたら、女がすぐに、

「大丈夫よ、そんな事だろうと思って、持って来たわ」と云った。

声が太くて、変な響きがあって、女らしくないから、黙っていて貰いたいと思ったけれど、女は無暗《むやみ》に手を動かしながら、しゃべり続けた。

「お一人で大変でしょう。でもいいわね、暢気《のんき》で、したい放題のことをして、罪だわ」

私は益《ますます》酔払って、何でもいいから、そこいらの物につかまりたくなった。

「駄目よ、駄目よ、意気地なしねえ」

女が餉台《ちゃぶだい》の角を廻って、それが恐ろしく手間取ったように思うのだけれど、気がついて見ると、私の横に坐っている。

非常に大きな顔で、髷《まげ》に結って、黄色い手絡《てがら》をかけている。

何だか、牛の様な気がする。

「この女は牛だろう」と私が思った。

「まあ、いやな方」と云って、女が太い手をにゅっと動かした。そうして、私の顔を見上げながら、あでやかに笑って見せた。

「牛だっていいや」と私が思った。

女は無暗に酒を薦めた。又頻りに私の盃を促して、自分も盛に飲んだ。

どうかして女が下を向くと、太い頸筋から背中の奥まで見えた。わざとそうして、私に見せているらしくもある。しかし、女が傍に坐ってから、へんな臭いがし出した。

「いやな方ねえ」と女が忽ち云った。「そんな事気にするもんじゃないわ。さあもう一つ」

そうして私の酌をしながら、気がついて見ると、女は頻りに手巾《ハンケチ》で涎《よだれ》を拭いている。

何だか少し思い出しそうな気がして来た。しかし女が無暗に手を動かすものだから、なんにも解らなくなってしまう。

女も大分酔ったらしい顔になって来た。大きな頭が、前うしろにゆらゆらと振れている。

それでもまだ止めないで、うっかりすると時時は、手酌で飲み出した。

「ほほほ」と女が笑った。その笑った後の顔に、何処となく見覚えのある様な気がした。

急に外で風の音がしたと思ったら、二階の屋根から瓦が落ちて破れた。

「もう寝ましょうよ」と女が云った。

夜通し雨が降っていたらしい。

そうして私は夢を見つづけた。目白新坂の坂の曲がる処に、黄色い牝牛が一匹いる。がらが小さくて、朝鮮牛らしかった。坂の上の方に向いて、退儀そうな顔をしていた。

その牛を、私は毎日続けて見た様な気がする。

しかし、それは夢だか、勘違いだか解らない。

からだの方方が痒くなって、目がさめたと思ったら、女が毛だらけのからだで、私の傍に寝ていた。

それから、もう一度目がさめたと思ったら、そこいらじゅう一面に、噎《む》せ返る様な酒の匂いがして、女はいなかった。何だか女が匂いになってしまった様に思われた。

私は身ぶるいして起き上がった。

夜が明けているのかと思って、窓を開いて見たけれど、庭の奥は真暗だった。風もなく、雨も降っていなかった。しかし、蠟の様な重たい霧が軒の下まで一《いっ》ぱいに降りていた。そうして、その霧の奥に、恐ろしく房の長い藤の花が、真暗な庭を照らす様に、きらきらと光っていた。

流渦

私は一人で女の帰るのを待っていたけれど、女は中中帰って来なかった。次第に夜が更《ふ》けて、風も静まり、辺りが森閑として来た。私は女がどこで何をしているかと色色考え廻している内に、段段腹が立って来た。女は外へ出たら何をするかわからない。何処かの座敷で私の知らない男と、ひそひそ話をしているらしくもあり、又私と一緒に通った事のある道を、外の男と寄り添って歩いている様にも思われた。

私は柱に凭《もた》れて、向うの壁の一所を見つめながら、じっとしていた。顔が少しずつ、むくれて来て、段段に大きくなる様に思われ出した。帰って来たら、何と云って怒ろうかと思う丈《だけ》で、もう腹が立った。そうして、何か得体の知れない物音が、時時どこかで微かに聞こえる度《たび》に、私は飛び上がる程、吃驚《びっくり》した。

それから私は長い間待っていた。女は何時迄たっても帰って来なかった。そのうちに、私は腹が立って、ひとりでに歯ぎしりをする様な気持になったり、又何だかわからない熱いものが咽喉の奥から出て来て、口の中じゅうに拡がるように思われたりした。すると私は急に顎の裏や、頬の内側がくすぐったくなって来たので、舌で撫でるようにして見たら、口の中一杯に、毛が生え出しているらしかった。私は驚いて、口の中に指を突込んで見たら、柔らかな湿《ぬ》れた毛が、口の内一面に生え伸びていた。そうして、まだ段段伸びて来そうだった。もっと長くなれば、仕舞には脣《くちびる》の外にのぞくかも知れない。女が帰って来て、私に接吻しに来たらどうしようかと思った。すると又、急に女が今どこかで、何人かと接吻している様な気がした。すると又、咽喉の奥から、熱いものが出て来て、口の中の毛が少しばかり伸びた様に思われた。

私はいらいらするような、恐ろしい様な気持になった。女の事よりも口の事が気にかかり出した。そうして女の事を毛の生えた口と一緒に考えると、なおの事じっとしていられなくなった。長い間、私は起ったり、坐ったり、口の中を撫でたり、鏡を見たりした。鏡にうつる私の顔が、何だか思い出せない獣に似ている様に思われたりした。不意に表を流れている川の水音が聞こえたり、又聞こえなくなったりした。渦の潰れる音が、流れに乗って遠ざかって行くのが解るようにも思われたりした。その内に、急に又女の事が気にかかったり、口の毛が心配になったり、又は、そんな事はどうでもよくて、何だか辺りに緊《しま》りがなくなって来る様にも思われたりした。部屋の中が何となくぼやけて、外の闇もふわふわと揺れているらしく思われて来た。

すると、いきなり襖《ふすま》が開いて、女が帰って来た。廊下の足音も、入口を開ける音も聞こえなかった。いきなり私の前に坐って、惚れ惚れする様な姿で、お辞儀をした。

「只今」と云った。そうして上目で私の顔を見ている様子が、可愛くて堪《たま》らなかった。

「どうもすみません。とうとうあの人に会ってしまったの」と又女が云っていた。

私はびっくりして、聞き返そうと思ったけれど、一生懸命に口をつぶっていた。

「どうかなすったの、お怒りになったの、あんまり遅かったもんだから」

何だかそんな事を云ったらしかった。そうして段段私の方に近よって来た。それから、

「二人で泣いて来たの。しまいには後向きになって泣いたのよ。おほほ」と云った。

私は黙っていられなくなって、一言聞きただしたいと思ったけれど、矢っ張り一生懸命に口をつぶっていた。

「もうこれきり会えないんですかって泣くんですもの。でも一度は云わずにすまない事だ

から仕方がないわ。ねえ、だからもうこれでいよいよ」

女が次第に私の方に近づいて来た。私はもっともっと聞きたくもあるし、逃げたくもあるし、もじもじしていた。

すると、急に女が起ち上がった。馬鹿に脊が高くなっている様な気がした。そうして私の方に歩いて来るらしい。私は吃驚して、起ち上がった。その拍子に、女はいきなり私に抱きついて、私の胸に顔を埋めながら、こんな事を云い出した。

「あなたは怒っていらっしゃるんでしょう。いいわ。人がどんなつらい思いをして来たか知りもしないで。むうむうして口も利かないんですもの。癪《しやく》にさわるなら、さわったで何とか仰しゃい。けだものの様に押し黙ってしまって。おおいけ好かない」

そう云いながら女は益《ますます》私を固く抱き締めた。私は身もだえしたけれど、女は中中離さなかった。そうして、胸から顔を離して、私の顔を仰ぎ見た。私は女の美しい顔に見入って、他の事を忘れかけた。すると、女がいきなり、

「あらっ」と云った。そうして、私を突き離す様にして、襖の方に逃げ出した。

「いやいやいや」と云いながら、何かに躓《つまず》いた拍子に、私の方を振り返った顔を見たら、真青だった。

私は夢中になって、女を呼び止めようとした。すると咽喉の所に何かつかえた様になって、犬が狼泣きをする様な声しか出なかった。その声をきいたら、私は女も何も忘れてしまう程恐ろしくなった。そうして、出かけた声は止めようとしても、中中止まらなかった。何時の間にか口の中の毛が伸びて、脣の両端から覗いた尖《さき》が、顎の辺りまで垂れていた。

東京日記　その八

仙台坂を下りていると、後から見た事のない若い女がついて来て、道連れになった。

夕方で辺りが薄暗くなりかかっているが、人の顔はまだ解る。女は色が白くて、頸《くび》が綺麗で、急に可愛くなったから、肩に手を掛けてやった。

何処へ行くのだと尋ねたら、あなたはと問い返したから、麻布十番だと云うと、いやだわと云って、拗《す》ねた様な顔をした。

「天現寺へ行きましょうよ、ねえねえ」と云って、私を横から押す様にした。

電車通の明かるい道を歩いていると、身体が段段沈んで行く様に思われた。

古川橋の所から石垣を伝って、川縁に降りたが、水とひたひたの所に、丁度二人並んで歩ける位の乾いた道があって、どこまで行っても川の景色は変わらなかった。街の燈りが水に沁みていると見えて、薄暗くなりかかっている水面の底から明かりが射して来る所であった。その女の家へ行って見ると、広い座敷の前も後も水浸しになっていたが、底は浅いらしく、人が大勢足頸まで水に漬けて、平気で歩き廻っていた。荷車も通るし、自動車も走っているので、普通の往来の景色と少しも違わなかったけれど、ただ物音がなんにも聞こえなかったので、却《かえ》って落ちつかない。

暫らく女と向かい合っていたが、女の顔は鼻の辺りがふくれ上がっている。頸が綺麗なので、抱いてやりたいけれど、何だか手が出しにくくて、もじもじしていると、女中だか何だか、同じような女が二三人出て来て、目の荒い籠を幾つも座敷の隅に積み重ねた。

それは何だと聞くと、この川でいくらも捕れますのよとその中の一人が云った。そう云えば籠がぬれていて、雫が垂れている。

籠を一つ持って来て、中の物を摑《つか》み出そうとすると、生温かい毛の生えたものが縺《もつ》れ合っていて、どれだけが一つなのか解らなかったが、その内に向うで勝手に這い出して、そこいらを走り出した。鼠を二つつないだ位の獣で、足なんか丸でない様に思われたが、それでいてちょろちょろと人の廻りを馳《か》け歩いた。その中の一匹が私の手頸に嚙みついたが、歯がないと見えて、痛くはないけれど、口の中が温かいのだか冷たいのだか、はっきりしない様な気持で、無暗《むやみ》に人の手をちゅうちゅう吸っている。

さっき一緒に来た女が私の傍へ寄って来て、

「天現寺橋の方へ行って見ましょうか」と云った。

しかしあの辺りは下水の勢が強くて、瀧になった所があった様な気がしたので、あぶないだろうと思っていると、

「違いますわ、それはどこか別の所でしょう。帰りにあすこでお蕎麦《そば》を食べましょう」と云った。

兎《と》に角《かく》女が食《く》っ著《つ》いているので、私も身体で押していると、さっきの籠の中の物が手頸だけでなく、脇の下から背中へ廻ったり、足の方から這い込んで、方方に嚙みついて、ちゅうちゅう吸うので、何とも云われない気持がした。

東京日記　その十五

永年勤めていた官立学校を止めたので、一時恩給を貰ったから、酒を飲んでいる内に馴染みの待合が出来た。

あまり飲み過ぎたので、眠くなって、うとうとしたと思ったが、目がさめると、いきなり枕に膝を貸していた芸妓が私の口髭を引っ張って起こした。

「痛い」

「痛くないわよ、この位の事、まあ真っ赤な眼をしてるわ」

「どれ、どれ」と云って、餉台《ちゃぶだい》の向う側にいた芸妓がにじり寄って来て、私の膝の上に乗り、頸《くび》に両手をかけて、舌で私の眼玉を舐め廻した。

「いやだ」

「なぜ」

「気持が悪い」

「気持がわるくないわよ。じっとしているものよ」

「ざらざらして痛い」

「こちらの目玉おいしいわね」

「ほんと、姐さん」と向うにいた若い芸妓が聞いた。「おいしいなら、あたしにも舐めさしてよ」

「駄目だよ」と云って私が立ち退こうとすると、膝にいた芸妓が身軽に辷《すべ》り降りて、頸にかけていた手を外したが、私がその場を動こうとする後から、ひょいと片手を私の肩にかけた拍子に、私は後へひっくり返ってしまった。何だか自分の身体の勝手が違った様な気持がした。

今度はその芸妓が膝を貸してくれたが、そうした所から辺りを見廻すと、芸妓の起ち居が非常に目まぐるしくて、幾人いるのか数もはっきりしない様に思われ出した。そこいらにいろんな物が散らかって居り、餉台の上から雫が伝って、ぽたぽたと畳の上にこぼれている。

私が気がつくと同時に、又向うにいた別の芸妓が坐った儘《まま》で身軽に寄って来てその濡れた所をどうかしたら、忽《たちま》ち乾いてしまった。

芸妓の舐めた後の瞼《まぶち》がいつまでも涼しい様で、その癖そのもっと奥のとこから又眠たくなりかかって来た。

「ちょいと、こちらの耳の恰好随分簡単なのね」

「どれどれ」

「ほら、ここの所に皺が一つあって、これを押して、こうして裏返すと、そっくりだわ」

「よせよ、気持が悪いから」

「いいわよ、ちょいと、みんな来て御覧なさい。ここの所をこう摘まむでしょう」

「じれったいわね」と云って、その中のだれかが、私の耳に噛みついた。

うるさいから起き直ろうと思うと、今度は又だれかが口髭を下の方へ引っ張って、膝から頭が上げられない様にした。どうもみんなのする事が荒らっぽくて、さっき一眠りする前とは勝手が違う様なのだけれど、よく解らない。

何だか餉台の向うで、ぐちゃぐちゃ食べ物を噛んでいる音がする。芸妓の顔は、寝る前と同じ様でもあり、みんな少しずつ違っている様にも思われる。

はっとしたから、急に私は跳ね起きて、私に纏《まと》わりついている芸妓を突き飛ばした。

「こらっ、貴様等は何だ」と私が怒鳴った。

一番年嵩《としかさ》の芸妓がしなしなとした様子をつくって、

「まあ、驚いちまうわ、乱暴な先生さんだわ、きっと筋が釣っているんだわ」と解らぬ事を云って、中腰になった。「さあ、みんなで揉んで上げましょう」

「それがいいわ」「あたしもよ」と云って又私のまわりに集まって来た。

芸妓には違いないのだけれど、しかしどこか違う所もある。お神を呼んで一言聞いて見たいと思ったが、その時芸妓達は急にはきはきし出して、二人が三味線を弾いて歌を歌い、私に更《あらた》めてお酌をするのもあり、何の事もなくなった様であったが、その歌の節も三味線の調子も、何だか矢《や》っ張《ぱ》りおかしな所があった。

女出入

私は女の事が世間に知れては困ると思って、びくびくしていると、巡査が玄関に来て、貴方が御主人ですかときくから、そうだと云ったら、二つに折った紙片のようなものを渡して帰った。妙に寸の詰まった様な恰好の巡査で、帰って行く後姿が横に振れているように思われた。紙片をひろげて見ると、毛虫の様な字が無茶苦茶に書いてあって、よく解らないと思ったけれど、尋ねたい事があるから来いと云うに違いなかった。私はフロックコートを著《き》て、山高帽子を被って、手袋をはめて出かけた。外には日がかんかんと照り渡って、町の埃が歩いて行く目の高さに流れていた。往来を通る人が私の顔を見ているらしくもあり、又わざと見ない風をしている様にも思われた。犬が吠えたり、ついて来たりした。そうして警察署の前に来たら、立派な建物かと思っていたのに、青物市場か何かのように、がらんとして、薄暗くて汚かった。中に這入《はい》って見ると、広い土間の薄暗い壁際に、無数の巡査が重なり合って目を光らしていた。そうして真中の広広した土間のその真中に据えてある真白い卓子《テーブル》の前に案内せられた。

私は辺りを見廻して、どうなる事かと思って心配になって来た。どちら側を見ても数の知れないほど巡査がいて、隅隅にはなお一層沢山重なり合っているらしかった。そうしてみんな両方の目を光らして、私の方ばかり見ている気配がした。すると正面の扉が開いて、恐ろしく小さな巡査が一人出て来て、偉そうな歩き振りで、私の前の卓子に近づいて来た。壁際にいた巡査がざわついていて、敬礼しているらしい。私は矢《や》っ張《ぱ》り敬礼しなければいけないのか知らと思って、もじもじしていると、その巡査はつかつかと卓子の前に来て、少し横向きに威張って腰をかけた。そうして、じろりじろり私の顔を見ながら、ポケットの中をさぐって、小さな名刺を取り出した。

「御足労を願ったのは外でもないが、この人の事について少少御尋ねいたしたい」

早口でよく解らないけれど、そう云ったらしかった。私は名刺を見て、焼火箸を摘まんだように吃驚した。もう女のことが知れたのかと思って、私は逃げ出したくなった。

「いや、御迷惑な事をお尋ねしようと云うのではない。まず伺って置きたいのは、この人とは御内縁とでも云うのでありますか」気がついて見ると、隅隅にいた巡査が、何だか身構えをしているらしい。小さな巡査がいきなり、まともに向いて、

「御家族も御有りのようだが」と云った。

「どう云う御関係であるか」とまた云った。

私は急に女の事が気にかかり出して、女が可愛くて堪《たま》らなくなり、この横柄な巡査の云う事に腹が立って来た。何の為にそのような事をきくかと云ってやろうと思ったけれど、咽喉がかすれて、声が出なかった。すると、小さな巡査は片手で卓子の上をどかりと叩いて、立ち上がる様な風をした。そうして意気込むのかと思ったら、その儘《まま》ぐったりした様子になって、何か解らない事を口の中で、ぶつぶつ云い始めた。

「そんな事は、構わないけれど」と云った様だった。

私も何だか考え込む様な気持になって、得体の知れない涙が目の奥の方に溜まって来た。するとじめじめした土間の四隅から、真黒などろどろしたものが盛り上がる様になって流れ出した。そうしてそのどろどろしたものの中に、彼方此方《あっちこっち》に、幾つも幾つも巡査の目が溶け込んで、上っ面に覗いているのもあり、底の方から光っているのもあった。

私はそれを見ている内に、段段悲しくなって来た。今迄隅隅に、もくもくと動いていた巡

査は、次第に姿が解らなくなって、どろどろした黒いものの中に溶け込んで、流れ出すらしかった。そうして、しまいにそのどろどろしたものが、土間の真中の真白い卓子の所まで流れて来ると、私の前に居た小さな巡査も次第に足の方から、その水の中に溶け込んで行った。そうして段段に脊が低くなって行って、身体が無くなってしまう前に、急《せ》き込んだ様な声で、

「あの人ははたちになる迄待ってくれと云ったんだ。それなのに貴方はあの人を取って、それで私を忘れはしないだろう」と云った。すると私は急に小さな巡査の顔に見覚えがあった様な気がし出した。それで、もう一度よく見たいと思ったら、もうその時は巡査は黒いどろどろしたものの中に流れ込んでしまっていた。

もう辺りに何人もいなくなってしまった。何だかいろんな事の後と前とが解らなくなり出した。私が起ち上がって、ふらふらと外に出たら、私の後から追っかける様に、どろどろしたものが門の方に流れ出して来た。

雪

私は逃げた女とその相手とを殺してしまおうと思い出した。

一日じゅう、その事ばかり考えつめているうちに、日が暮れかかって来た。

外には雪がしんしんと降り積もって、道も屋敷も真白にふくれ上がった。風がないので、雪は真直に堕ちて来た。表の格子戸《こうし》につかまって眺めていると、私の身体が段段に浮くような気持になり、又急に真白な大地が、持ち上がって来る様にも思われたりした。するといきなり頭の髪を真中から分けて、真赤な袴を穿いた見た事もない女が門口に起《た》って、格子戸を開けて、つかつかと家の中に這入《はい》って来た。

私は驚いて後からついて行くと、女は濡れ足のまま、座敷を通って、茶の間の炉縁に胡坐をかいた。そうして、私の方を振り向くようにしながら、

「金盥《かなだらい》にお湯を取って下さいね」と云った。

その時私の方を向いた顔が非常に美しかった。しかしその声は変に張りのある、棒のような声だった。

私が金盥に湯を汲んで持って行くと、女は目顔で、自分の前に置けと云う合図をした。そうして、

「すみませんね」と云いながら、金盥の中に足を入れて洗い出した。女は素足で来たらしい。洗ってしまうと、金盥を私の方に返すようにするから、受取って見たら、中の湯が、紅を溶かした様に真赤に染まっていた。けれども女はそっぽを向いたまま、炉の火にあたっていた。

私は金盥を持って、その湯を捨てに行った。何だか追掛けられる様な気持ばかりして、後先のつながりが解らなかった。茶の間に帰る時見たら、女の歩いた畳に美しい足跡が真赤に残っていた。そうして、私がもとの炉の傍に来て見ると、女はもういなかった。今までそこにいた様な気配すら残っていなかった。外には雪が降り積もっているらしい。何の物音も聞こえないけれど、じっと坐っていても、矢張《やは》り段段に家や身体が浮き上がって行くような気持がした。

暫らくすると、また外の方に人の来た気配がしたので、私は炉の傍から起って行って見たら、格子戸の外に見知らない男が幾人も起っていて、勝手に格子を開けて、みんな家の中に這入って来た。そうして座敷を通って炉の傍に行って、そこに輪づくって胡坐をかいた。何だか、がやがやと早口に云い合っているのだけれど、みんな声が嗄れていて、何を云っているのだか解らなかった。どれもこれも青ぶくれのした陰気な顔だった。その中の一人が起ち上がって、合図のような事をすると、みんな家の隅隅や押入れの前に分かれて行って、そこいら中を探し廻った。そのうちに、後に一人二人残っていたのも、どこかへ行ってしまって、それきりたれも帰って来なかった。

雪が益《ますます》降り積もるらしかった。外の明かりで家の中が白け返って来る様に思われた。私は炉の傍に坐ったまま、何となく四方に気を配っていた。すると又表にたれか来たような気がしたので、格子戸の所まで出て見たけれど、今度は誰もいなくて、往来に雪が高く積もっていた。私がその儘、奥の方に引返そうとすると、急に茶の間が騒騒しくなって、行って見たら、何時の間にか、炉の傍にさっきの連中がみんな折り重なって殺されていた。そうして髪を分けて赤い袴を穿いた女が、何処からか出て来て、倒れている男達の上を素足で踏みながら、済まして、ついついと出て行くところだった。

東京日記　その二十二

日比谷の交叉点に二つ列《なら》んでいる公衆電話の手前の方のに這入《はい》って相手を呼んでいると、隣りにも人が這入ったらしいが、透かして見る硝子《ガラス》がこちらのも向うのも埃でよごれているし、おまけにそれが二重になるから初めはよく解らなかったけれど、その内に目が馴れて来ると、髷《まげ》に結った非常に美しい女の姿がすぐ手近に現われて来た。

私の用件は、これから人と会う打合せであって、簡単にすむ事なのだが、相手が中中出て来ないので、呼び出しに手間がかかった。又その方が都合がいいのであって、今私はすぐにここを出て行き度《た》くない、もう少し隣りの箱を透かして見たいと思った。

向うの女は受話器を耳に押しあてた儘、身体をこちらに捻じ向けて、私の方を見ながら何か一心に口を利いている。その脣《くちびる》の色も見えるし、又じっと眺めている内に、手がらの色も目に沁みて来た。箱に入れた美しい物を外から見ている様で、何の遠慮もいらないから、私は自分の電話をお留守にして飽かず眺めていたが、向うの話している様子は次第に生き生きして来る様で、それが電話に向かって話しているのでなく、よごれた硝子を隔てて私に何か云っているのではないかと思われ出した。

私の方の電話は、どこか変な風に混線していると見えて、いまだに向うとつながらないのだが、別にじれったいとも思わず、じりじり云ったり、びんびん鳴ったりする音をぼんやり聞いている内に、何だかそう云う雑音の奥から、綺麗な響きのする女の声が聞こえて来る様な気がした。

「そうは行かないわ、でも仕方がないわ、ええ構わないわ」と云う様な切れ切れの言葉が段段にはっきり聞き取れる様になった。

「それでどうなの、あなたは今すぐでもいいんですか」と云った様であった。それで私は隣りの箱の中を見ながら、びんびん鳴っている雑音の中へ、

「こちらは構わないよ」と云って見た。

女も硝子の向うから、こちらを見ている美しい脣が動いたと思ったら、

「それじゃ、もう電話を切るわね、すぐ出て下さる」と云った。

「いいよ、それじゃ僕も切るよ」と云って、私が受話器を掛けた途端に、隣りの箱でも受話器を掛けた。そうして私の方を見て、にっこり笑ったらしい。

ばたんと云う音が響いて、隣りの女が箱を出て行ったから、私も外へ出ようとすると、こちらの扉は、うまく開かない。それで押したり突いたりしていると、前に人影がさしたので、目を上げて見たら、今の女がそこに起っていて、私の箱に這入ろうとしている。美しいと思ったのはその通りであったが、しかし吃驚《びっくり》する様な大きな顔で、赤い脣の間に舌のひくひく動いているのが見えた。

断章

目まいがすると云って朝の内から横になっていた女が何か云ったらしい。その部屋に行って見ると、暑いのに片側の雨戸を閉めて中を薄暗くし、薄い布団の上に茶罐《ちゃかん》を枕にして寝ていた。

「ちょいと私の家から取って来たいものがあるんですけれど」

「ふらふらすると云うのでは行かれないだろう」

「ええ」と云って目をつぶった。

そう云うつもりで出て来たとは云っていたけれど、幾日も私の家に泊まりっきりで、留守居の婆やをほっておいていいのだろうかと気になっていた。何を持って来るのだと尋ねようと思う間に、女はすやすやと眠ってしまった。

「変だね」と云ったが、自分の独り言が非常にはっきり辺りに響いたので、手持無沙汰の気持がした。

また自分の部屋に帰って来たが、何もする事がない。女が身近かに来てくれたので落ちつくかと思ったけれど、却《かえ》って周囲に取りとめがなくなった様でもある。女がまた何か云ったらしい。

傍へ行って見ると薄目を開いてこっちを見ている。

「ちょいと家へ行って来たいんですけれど」

「どうかしたのか」

「取って来たい物があるんですわ」

同じ事を繰り返して、うつらうつらしているらしい。寝ている女の肩に手を掛けて、ゆすぶった。

「おい、何を云ってるんだい」

「だからさ、いいえ、すみません」

「何だか知らないが、取って来て上げようか」

「すみません、婆やにそう云って下されば解りますわ」

女を一人家に残して外に出て見ると、近頃覚えのない気持になった。よその塀から覗いている樹の小枝も、道の角に巻き上がった小さな砂風も、どこかの煙突から空に流れている薄煙も、みんな今出て来た私の家の方へ靡いている。乗合自動車でごとごと行ってはいられないと思ったので、辻で自動車を傭った。窓の外を眺めている内に、薄ら眠くなる様であった。余り人の通らない道を走らせているので、窓枠に風の擦れる音が、さあさあと耳に立った。

「下町の方は大変ですね」と運転手が話しかけた。「もう一帯に水がついてしまったでしょう」

「どうしたんだ」

「丸で大雨の後の様な騒ぎです。高潮の所為《せい》だと云う話ですがね」

「いつからそんな事になっているんだ」

「ついさっきからですよ。大川の川縁なんか両方に溢れ出して、何処から川なのだか、境目が解りませんよ」

「変だねえ、こんないいお天気じゃないか」

「だから高台に上がって向うの方の空を見ると、水明りでぎらぎらしていますよ」

自動車を降りてから、その話を思い返したが、不思議な気持はしなかった。幾日か見ない内に、森が少し黄《きい》ろくなっている。中へ這入《はい》って行くと、足許《あしもと》から鳥がばたばたと立った。家はいつもの通りに開けひろげてあって、外から見ても、きちんと片づいている。上がって行ったが、婆やの姿は見えなかった。どこかへ使にでも出たのであろうと思ったから、暫らく待つつもりでそこいらを歩き廻った。縁側に小さな子供の泥足の跡が一《いっ》ぱいについている。退屈だから足形の数を数える様なつもりになって、一つ一つ目で拾っている内に、何だか子供の足跡ではない様に思われ出した。

頻りに家の事が気になって、早く帰りたいと思ったが、婆やは中中戻って来ない。その内に少し薄暗くなって来た。

人の気配がしたから見廻したら、縁鼻に例の教官が起っている。

驚く暇もなく向うから落ちついた挨拶をした。

「只今お宅に伺いましたが、こちらへお出かけの後でしたから、急いで参りました」

「何か急な御用ですか」

「いや」と云って、そこへ腰を掛けて人の顔を見た。

「まあお上がりなさい」

「いや結構です、濡れて居りますから」

腰を掛けた膝から上まで洋服のズボンがかたになっている。

「どうしたのです」

「低い所には水が来ているのを知らずに出かけたものですから。実は御挨拶に上がったのですが、この度発令になりまして、本官に任ぜられました。どうか今後とも宜しくお願い申します」

「はあ」

「お目出度《めでと》う御座います。しかしそれでわざわざこんな所まで入らして下さったのですか」

ポケットから煙草を取り出した。燐寸《マッチ》の火がびっくりする程大きな燄に見えた。

「成《な》る可《べ》く早くお帰りになった方が宜しいでしょう」と云って、又人の顔を見た。

「何故です」

「私も何かお手伝致したいと思って伺ったのですが」

「何のお手伝ですか」

「奥様をああして一人でほってお置きになってはいけませんでしょう。迷信かも知れませんが」

「何故いけないのです」

「大分時間が経っているのではありませんか」

私は前にのめって、思わず手を突いた。

「おや」と相手が甲走った声をした。「先生は御存知なかったのですか」

相手が見る見る真青になって、辺りの薄闇にぽかりと穴があいた様に、その顔が遠退いた。

残照

私は女と喧嘩をして別れた。その為に女が外の男の許《もと》に行くだろうと思うと口惜しくて堪らない。女に小さな弟がいたから、その子を連れ出して、山の奥に捨てて来て、敵討ちをしようと思った。

女の家の前に大きな柳があった。私は柳の幹にかくれて、家の中の気配を窺っていた。蚊柱が柳の陰に立って、あちらこちらゆれていた。もう日が暮れかかっていたけれど、向うの山には、明かるい日が照っていた。

暫らくすると女の家の戸が開いて、年を取った知らない男が帰って行った。風呂敷包を片手に持って、非常に急いで、真直い道を向うの方に行ってしまった。私はその男の方に気を取られて、遠くの方を見ていると、真直い道の向うから、段段に日が暮れて来るのが、はっきりと見えた。その男の行ってしまった後、女の家にはだれもいる様に思われなかった。二階の窓の障子の紙ばかりが、いやに白く光っていた。

そのうちに、空を鴉《からす》が啼《な》いて通り、遠くで風の吹く音が聞こえて、辺りが益《ますます》暗くなった。早くしないと、日が暮れて、弟がついて来なくなるだろうと思って、向うの山を見たら、向うの山には、まだ明かるい夕日が一《いっ》ぱいに照らしていた。

私は、しまいに、戸口に近づいて、泥棒の様にそっと戸を開けて見た。家の中は、上り口から奥まで障子が開け放してあった。そうして家の外は薄暗くなりかけているのに、座敷の中は変に明かるかった。ただ上り口の真正面に暗いところがあって、その中に神棚があるらしく思われた。座敷にはだれも人がいなくて、綺麗に片づいていた。そこに暫らく起っている内に、何だかまた女に会いたくなったから、弟を捨てに行くのは止そうかと思いかけた。すると、その時、表に人声がして、女が変な男と帰って来た。私はまだ会った事はないけれど、これが女の男で、この男がいるから、女があんなに強く私と喧嘩をしたのだろうと思った。

女は私を見ても、ちっとも驚いた様な風をしないで、だまって男の手を引張る様にして、明かるい座敷を通って、二階に上がってしまった。

私はまた弟を捨てる気になって、外へ出て真直い道を歩いた。そうして顔の幅の無暗に広い、色の青い、髪の長い、荒い絣《かすり》の著物《きもの》を著た男の事ばかり考えつづけた。

道の四辻になったところの薄暗がりに、女の弟が長い竹竿を持って蝙蝠《こうもり》を敲《たた》いていた。私はその弟を連れて山の方へ歩いて行った。

「暗くなるからいやだ」とその子が云った。

「だって山にはまだ日が照っているじゃないか」と私が云った。山は夕日が一面に赤く照らして、ただ裾の方だけが一筋、帯の様に暗くなっていた。

道を歩きながら、私はこの子を捨てたら、女が泣くだろうと思った。その泣き声を聞きたいと思った。子供は長い竹竿を肩にかついで、黙ってついて来た。途の途中に私の家があった。その前を通る時、子供が立ち止まってうしろを見るから、私も見たら、女の家も真直い道ももう日が暮れていた。そうして向うの山の山裾の暗いところも段段ひろがって、上の方に延びて来た。

子供が「怖いから帰る」と云って泣き出した。私は「だってまだ山の上はあんなに明かるいじゃないか」と云って、子供を負ぶって馳け出した。子供は竹竿をすてて、両手で私の背中に獅嚙《しが》みついた。

山まで来たら、まだ峰に夕日が残っていた。

私は子供を負ぶって、一生懸命に山を登って行った。小石が何処からともなく、ざらざらと落ちて来た。空は明かるいけれども、足許《あしもと》は暗かった。私は子供をどこに捨てようかと思いながら雑木の茂みの中を奥へ奥へと上って行った。

赤土が平らになって、樹の生えていないところへ出たから、私は子供をそこに下ろした。樹のないところにはまだ薄明りがあった。そこで私は子供に隠れん坊をして遊ぼうと云った。そうして私はいきなりうしろの茂みに馳け込んで、一息に山を走り下りた。

もうすっかり日が暮れていた。空には星が光り始めた。今私の下りて来た山は、真黒い大きな塊りになって、獣の鼻の様な峰の頂を、薄明るい空に突込んでいた。

私は家に帰って、自分の部屋の窓の側に坐っていた。女の事や、さっき会った男の事を考え続けていた。考えても考えても口惜しくて堪らなかった。そのうち次第に夜が更けた。時時強い風が急に吹いて来て、すぐに止んだ。後は恐ろしい程辺りが静まり返って、身動きも出来ない様な気持になった。そうして考えまいと思っているのに、山に捨てて来た子供の泣き声が聞こえる様な気がし出した。

それから、長い間坐っていた。どこかで不意に犬が二声三声吠え立てる声が聞こえて、それなり静まったと思ったら、その後から遠くの方に女の泣き声が聞こえた。それから二三人の足音がして、段段私の窓の方に近づいて来るらしかった。途切れ途切れに聞こえる泣き声はあの女に違いなかった。

男と女の足音が入り乱れて、窓の前を通り過ぎた。女が聞き取れないことを云って泣いているのが聞こえた。しかし、女の訴えている相手が、あの男ではないかと思ったら、私はじっとしていられなくなって、みんなの足音が山の方の道に遠ざかるのを待ちかねて、窓の外に馳け出して見たら、暗い道の遥か向うの方に、提燈の灯がゆれて行った。時時かすかな女の泣声がその道を伝って戻って来る様に思われた。山の方は真黒で、空も真黒で、山と空との境い目がなくなってしまっていた。

木　霊

大きな池の縁を、子供を負ぶった女が泣き泣き歩いて行った。背中の子供も時時泣いた。私はその後をつけて行った。日が暮れかかっている。広い田圃が暗くなって、池の上だけが明かるく見え出した。薄白い水の面を頻《しき》りに影が走るから、空を見たら、暗い千切れ雲が急がしそうに飛んでいた。私は頻りに家のことを思っていた。帰らなければ、家で子供が待っていると思うのだけれども、どうしても私の前を歩いている女と子供から離れて、後に返ることが出来なかった。

段段道が暗くなって来た。子供を負ぶった女の姿が、池の水明かりを受けて、薄い影の様にぼんやり動いて行った。子供が泣かずに黙っているから、女のしくしくと泣き続けて行く声が、少し離れてついて行く私の耳に、はっきりと伝わって来た。私はこの泣き声が思い出したくて、今までついて来たのだけれども、つい思い出せそうな気がしながら、何時まで行っても解らなかった。子供が泣かずにいる間は、女の背中で睡っているのだろうと私は思った。そう思うと、何故だか、私は安心する様な気持になった。

道が池から離れて曲がる角まで来た。道の端に石地蔵があって、その前に小いさな御燈明が一つともっていた。赤い餤が水に浮かんだ様にゆれていた。私はその餤の色を見て、何となく今ともしたばかりの、新らしい火の様な気がした。

女は石地蔵のところから、池を離れる道を伝って行った。辺りが暗くて、段段女の姿が見えにくくなった。けれどもその泣声だけは、もとの通りにはっきりと、私の耳に流れ込んでいた。風がふいて、暗い空で鴉が啼いた。するとまた女の背中の子供が泣き出した。男の子らしいけれども、声は細くて、元気がなかった。腹がへって、乳がほしいのかも知れない。いい子だ、いい子だと私は一人で腹の中で云った。

女は暗い道をどこ迄も行った。私は仕舞に家へ帰れなくなる様な気がし出した。もう後へ引き返そうと幾度も思いかけても、矢《や》っ張《ぱ》りその時になると、今にもその泣声が思い出される様な気がして、どうしても離れることが出来なかった。道の片側に家の二三軒並んでいるところを通った。家の戸は皆しまっていた。隙間から明りも洩れない真暗な家だった。その前を通る時、自分の足音が微かに谺《こだま》しているのを聞いて、私はふとこの道を通った事があるのを思い出した。私の足音が、一足ずつ踏む後から、追いかける様に聞こえたのを思い出した。

「いいえ、私の足音です」とその時一《いっ》しょに並んで歩いた女が云った。そうだ、その道を歩いているのだと気がついたら、私は不意に水を浴びた様な気がした。

道が曲がって土手の上に出た。一旦、磧《かわら》の様なところに下りて、それから妙な橋を渡った。橋の幅が狭くて、欄干が両手に触れる位だった。歩く度に、橋板のゆらゆらと揺れるのが気味が悪かった。女がその橋を泣きながら渡って行った。後にいる私の足に、女の踏んで行く橋板の動揺が一足ずつ伝わって来た。私は次第に恐ろしくなって来た。ゆらゆらと動く橋板を踏んでいるうちに、ふとこの橋も今始めて渡るのではないと思い出した。もう今にも女の泣き声がわかる様な気がして来た。そうして、私はそれを思い出すのが恐ろしくなった。

私は橋の上に起ち止まって、もう帰ろうと思い出した。家には子供が待っていると思った。風が吹いて来て、橋の下が一面にさわさわと鳴った。脊の高い草原を渡る橋らしい。風が止んだら女の背中の子供が泣き出した。さっきよりも猶《なお》元気のない声になった様に思われた。その時起ち止まっている私の足許は、女の踏んで行く一足ずつの響きを伝えて、絶えずぐらぐらと揺れているのだけれども、女が次第に遠ざかるに従って、橋板の揺れ方は段段に弱くなって行くのが明らかに解る様な気がした。私は又それが堪えられない程淋しかった。夢中で私は女の後を追うて行った。

辺りは益《ますます》暗くなるらしかった。空には薄明りすらなかった。橋を渡ってしまってからは、道と田圃との境目もわからなかった。ただ女の泣き声計りを辿って行くに従い、大地と空との暗闇が、猶一歩毎に迫り合って来るらしく思われた。風も吹き止んだ。草の葉も鳴らなかった。ただ私の前を行く子を負うた女の泣声ばかりが何処までも何処までも私を引っ張って行った。私は仕舞に自分の家のことも忘れてしまって、その恐ろしい暗闇の中に昔の事を思い探って止まなかった。

鯉

私は恐ろしいものに追掛けられて、逃げ廻っていたらしい。暗い空が低く覆いかぶさって、遠くの方に何ともわからない響きが聞こえている。広い野原の中に私の外だれもいなかった。時時日《ひ》昃《かげ》が見えそうになっては、またそのままに陰ってしまう。すると辺りがその度毎に、今までよりもなお一層暗くなるらしかった。道の色も暗く、向うに見える山の陰は夜よりもまだ暗かった。

遠くの響きが段段弱くなって行くようだった。私は何時からこの野原を歩いているのだか解らない。けれども私が恐ろしいものに追われていた時は、もっと大きな響きが聞こえていたらしい。それが次第に遠ざかって行って、又時時止んでしまう事があった。すると広い野原は何の物音も聞こえなかった。辺りが森森と静まり返って、大地も空も次第次第に縮まって来る様に思われた。私は何物かにつかまっていたい様な気がする。するとまた遠くの方から、わからない響きが伝わって来た。それを聞くと、私はほっとした様な気持になった。そうして、その響きは恐ろしかった。

山の峰がいくつも続いて、低く垂れた空に食い込んでいた。そうして暗い山は暗さを増すと共に、段段にふくれて、野原の方へひろがって来るらしく思われた。

私は山の方に向かって、ただあてもなく野原を歩いて行った。野の果てから果てまで続いた恐ろしい山の形が、辺りの暗くなるに従って、刻刻にその姿を変えた。大きな獣が幾匹も蹲踞《うずくま》って、暗い空を仰いでいる様でもあった。嶮しい峰の列《なら》びが、恐ろしい牙をむいて空に嚙みついている様でもあった。又は山全体が一つの大きな裂目に見えて、空と大地がそこから割れるのではないかとも思われた。しまいには山の彼方此方《あっちこっち》が、むくむくと動く様に思われ出した。そうして、いきなり一匹の大きな鯉になった。背中の鰭《ひれ》がそそり立って、低い空を刺していた。尻尾は恐ろしい崖になって、暗い空に、はね上がっていた。

辺りはもう日が暮れかけているらしかった。空が段段下に下がって来るように思われた。道の小石の色も黒ずんで来た。小川に映る空の色は、上にある空よりも暗かった。その内に、鯉の姿も次第次第にぼやけて、私はただ暗い屛風《びょうぶ》の様に行手をふさいだ山の方へ歩いて行った。すると山の陰に一ところ明かるいものが見え出した。ぼんやりした薄白い輪が急に明かるく、はっきりして来て、益《ますます》暗くなって行く空と大地との間に的礫《てきれき》と輝いた。私は早くそこ迄行きたいと思った。山に近づくに従って、恐ろしい響きも次第に遠ざかって行った。

山の麓に一筋の川が流れていた。水は柔らかい塊りの様にふくらんで、音もたてずに山の影を流していた。狭い橋の上には気味の悪い風が吹いていた。風は川の中から吹き上げて暗い山に入るらしかった。私は風の中を馳け抜けるようにして坂を上がった。

とうとう山の中腹にある明かるい穴の入口に来た。眩しいような光りが一面に漲《みなぎ》っていて、穴の向うは空とも水ともわからなかった。途中で今来た野原の方を振返って見たら、うしろの空は真暗だった。そうして足許《あしもと》の石に私の影がはっきりと写っていた。その影は私が動けばついて来るけれど、不思議な形で妙に長くて、私の影の様ではなかった。

穴の外は大きな湖だった。きれいな水が一面に輝いて、廻りを明かるい山が取り巻いている。すがすがしい空に薄い白雲がたなびいて、岸によせる漣《さざなみ》は絵のように美しかった。

私は暫らくその岸に起《た》っていた。柳のような樹に白い花が咲きこぼれていた。風が吹くとその樹が風情をつくって、所所の白い花が散った。

広広とした湖の面は澄み渡って、明かるい水が空の白雲に映えていた。すると遥か遠くの沖の方に、鯉が一匹あざやかに泳いでいるのが見えた。鱗の光りが一枚一枚見別けられる様にはっきりしていた。そうして広い湖の中には、その鯉の外に何の魚もいないらしかった。その鯉が私の方に泳いで来て、私の前で色色の様子をして見せた。湖の底の白い砂に鯉の影が写っている。それから鯉がまた向うの方へ行ってしまった。空を見たら白い雲にも水の中の鯉の姿がはっきりと映っていて、湖の中の鯉が動くに従い、雲の中の影も彼方此方と泳ぎ廻った。私は非常に心を牽《ひ》かれて、水の中の鯉と底の影と雲の中の影とを飽かず眺めていた。

そのうちにまた鯉がこちらへ泳いで来た。私は岸に起って待っているような気持になった。近づいたのを見たらさっきよりもその姿がなお美しく思われた。私が起って居るところの前を泳ぎ過ぎて、少し離れた岸に近く泳いでいる。そちらに来いと云っているらしく思われるので私は白い花の咲いた樹の間を通って、岸を伝った。私が近づくと、鯉は暫らく色色の姿で泳ぎ廻った後、また底の白い砂と空の白雲とに影をうつして、遠くの方に泳ぎ去った。私はどこまでも見えるその姿を見つめながら、湖の岸をいつまでも離れなかった。

空は何時迄も明かるく、湖の面もはればれとしていた。私は長い間鯉が近づいたり遠ざかったりして泳ぎ廻るのを見ていた。鯉が近づく毎に、前よりも一層その姿が私の心をひくらしかった。又鯉が私の起っている所より離れた辺りで泳ぐのを見ては、こちらに来いと云っているのがはっきりと解る様な気持になって来た。そうして私は次第に湖の岸を伝って遠くの方まで歩いて行った。どこから見ても、湖の景色は同じ様だった。白い花も尽《つ》きなかった。私は外のことは何も彼もみんな忘れてしまって、ただ鯉の近づくのを待ち、その姿を眺めていた。鯉は浅く、漣をからから様に泳いで来ることもあった。柔らかい水をえぐる様に、深く泳ぎ廻ることもあった。尻尾を水面に残して底にもぐる姿を見ては、堪《たま》らなく可愛いと思った。いきなり頭を水の外に出す時は、すぐに行ってつかまえてやりたい様な気がした。水の中に、ひらりと腹を返すのを見ると、私の胸がどきどきした。勢いよく水の外に躍り上がって、そうして再び底に沈むのを見る毎に、私も一緒に水の中に飛び込みたくて堪らなくなって来た。

烏

私は長い遍路の旅をして来た。毎日毎日、磯を伝ったり、峠を越えたりしたけれども、何時まで行っても道は尽きなかった。

或る日の夕暮れに、私は長い浜の街道を伝って行った。その街道を行きつくした所に、小さな船著の町のあることを私は知っていた。色の濃い波が、頻《しき》りに海の上を走っていた。海の向うに毛物の形をした山が、巨《おお》きな顎を海峡に浸して潮を飲んでいた。私は、その山を一日眺めて来たけれども、何処まで行っても山の姿は変らなかった。日が暮れかかって、海の上が薄暗くなると、急にその山の色が濃く見え出したのが、何となく無気味に思われた。

街道の片側には嶮しい崖が迫っていた。崖のところどころに雑木の叢があって、その中から名の知れない真赤な花が、焰を投げ散らした様に咲き列っていた。街道は崖と海との間の白い筋になって、何処までも長く延びていた。あたりが暗くなるにつれて、その白い筋の先が、次第に消えて見えなくなるのが心細かった。

日が暮れてしまってから、まだ私は浜の道を伝っていた。そうして漸く船著の町に這入《はい》って行った。暗い往来の所所の店屋の灯りが流れて、道を歩く人の顔を、時時明るみに浮かしているのが非常に淋しく思われた。

私は四辻にある宿屋に這入って行った。這入った所の庭が妙に広くて、黒い土はしとしとと濡れていた。家の中が森閑としていて、洋燈の暗いのが気になった。奥の方から若い女が出て来て私を二階の座敷につれて行った。

恐ろしく天井の高い座敷だった。床の間に得体の知れない置物が据えてあって、どんなに見ても何の形だかわからなかった。障子をあけて見たら、少し離れたところに山でもあると見えて、真暗な空に散った星の光の暗く消されている所があった。それとも雲が出て来たのだろうかとも思ったけれど、いくら眺めてもなんにも見えなかった。

それから私は精進の飯を食った。飯を食い終った頃、私の隣り座敷に客の這入った気配がした。そうして頻りに包みか何かを解いている様な物音が聞こえて来た。すると、不意に隣りの座敷で、鳥が苦しそうな籠った声で二三度鳴いた。それから、ばたばたと羽搏きするのを、無理に圧えている様な物音がしたので、私は非常に驚いたけれども、それから後は、また包みを解くような物音が、折折聞こえる計《ばか》りであった。

飯を終った後で、私は風呂に這入った。下に降りて、庭下駄を穿いて裏に出たところに、汚い風呂が据えてあった。湯に浸かって、じっとしていると、何処か遠くで、犬のびょうびょうと吠える声が聞こえた。それから、微かに浪の崩れる音がしたと思って、耳を澄まして見たけれど、もうそれきり何も聞こえなかった。

誰か風呂の外を通る者があった。手に持って行く灯りが、たてよせた戸の隙間から、風呂の中に射した。その後からまた一人の足音が通った。そうして風呂場の裏の方に行って起ち止まった。

すると、また不意に、鳥の苦しそうな鳴き声が聞こえた。

「どうなさるのです」と宿の女の声が云った。

「こうして生きてるうちに羽根を挘《むし》らないとうまく抜けないのだ」と云う男の声が聞こえた。

私は湯の中にいて、何故か頻りとわけもない事に心の急ぐ様な気持がした。鳥の殺される悲鳴が二三度続け様に聞こえた。

私は部屋に帰ってほっとした。何でもない事だと思うのだけれども、矢っ張《やぱ》り恐ろしかった。隣りの男の顔が、色色な形になって、私の目の前をちらついた。不思議な事にはその顔が、どれもこれも、みんな片目だった。

間もなく男の足音が梯子段を上がって来た。私は耳を澄まして、様子を窺っていた。男は隣りの部屋に這入って、何だか頻りに、ことことと小さな音をさせていた。

女が床をとって行った後でも、私はまだ長い間じっと起きていた。隣り座敷に女が急がしく出たり這入ったりする物音が聞こえた。その間に、時時、皿や鉢の搗《う》ち合う音が混じった。女が頻りに出這入りしても、隣りの男は一言も口を利かなかった。

寝床に這入ってからも、中中眠られなかった。何時までも隣り座敷の気配が気にかかった。漸く眠ったと思うと何とも知れない非常に大きな音がして目がさめた。そうして目が覚めて見ると四辺はしんとして、何の物音もしなかった。隣り座敷もひっそりしていた。ただ遠くの方に、時時犬の吠える声が聞こえた。犬は吠えながら走っているらしかった。同じ声が、吠える度に、違った方角で聞こえた。そのうち、不意に宿屋の前に来て、びょうびょうと吠えると思ったら、すぐに止めた。そうして今度は又思いもよらない遠くの方に、びょうびょうと吠える声が微かに聞こえた。私は恐ろしく早い犬の吠え声を何時までも追うて眠らなかった。

大瑠璃鳥

　この頃急に屈託したと云うことはないのに、よく溜め息をついている。引く息の方が吐く息よりも少しずつ長くて、その余りが腹の中に溜まって来ると云うような気持である。だから時時呼吸の残りを纏《まと》めて吐き出さなければならぬらしい。

　溜め息に妙な節がついているのが気になり出した。自分で薄薄感づいてから、うっかり吐き出した溜め息を、すぐその後でもう一度繰返して見ると、だんだん溜め息の節廻しが、はっきりしてくる様である。これは随分下らない事だからやめようと思っても、大概は知らぬ内に息を吐いてしまっているので、追っつかない。家の者も私の節つきの溜め息を聞いて不思議に思い出したらしい。襖《ふすま》のこっちにいる私にむかって、今何か云ったかと聞くから、何も云わないと答えると、いや確かに何か云ったに違いない、急に独り言を云うのは変だと云い出した。

独り言なんか云わないけれど、溜め息に節がついているのだと教えても納得しそうもないので、知らん顔をしてすませる。

溜め息の節を文章に書き現わす事はむずかしいが、いつもきまって脣《くちびる》の間や鼻の穴を抜ける息が、知らぬ間に声になっているから、仮名で書くことは出来る。「ぷッくんたたたぽうぽ」と云うのである。一どきに飛び出そうとする大きな息を、そう云う風に区切って最後の「ぽうぽ」は一音低くなっている。

その要領は、咽喉から口腔に詰まって来た息を先《ま》ず「ぷッ」と脣の間から漏らし、次に「くん」と鼻から抜き、まだ鼻を通っているうちに「たたた」と舌を打って調節し、最後に残っているのを「ぽうぽ」と二綴二息で吐き出してしまうのである。

一日に何回となく、あまりしつこく繰返すので、自分で不愉快になって来た。知らずにそう云ってしまった後は、溜め息を出し切ったさっぱりした気持よりも、耳に残っている節のためにいやな気持になり出した。

どうして、こう云う変な事になったのだろうと、ぼんやり考え込んでいる時、床の間の飼桶の上に載せた籠の中の大瑠璃《おおるり》が、盛《さかん》に囀《さえず》っていた。毎日朝から啼《な》き通しなので、いつも耳に馴れているから、気がつかなかったけれど、そう思って聞くと、初めて解った、私はいつの間にか大瑠璃の鳴き声を真似て、自分の溜め息に節をつけていたのである。

その大瑠璃は今年の春初め、まだ啼いていないのを小鳥屋から買って来た。ずっと以前にも、一度大瑠璃を飼った事があって、音色もよく、節は鶯の谷渡りを平調にしたような張りがあって、気になる癖もなかったので、今度も矢《や》っ張《ぱ》りそう云うつもりで買って来たところが、その内に啼き出したのを聞くと、音色は大体同じ様だけれど、一区切りずつに変な節がついているのが気になった。一番いけないのは、その一節のうちでも間をたぐって、はずみがついた様な啼き方をするのである。そう云うところがいやだと思っている内に、却《かえ》って私に乗り移って自分で「ぷッくんたたた」と云う変な事を云い出したらしい。

大瑠璃の鳴き声をそう思い出してから、ますます自分の溜め息が気になった。しまいには大瑠璃が私の溜め息の真似をしているのではないかと思う様になった。それが朝から晩まで止みこなしなのだから、うるさくて堪《たま》らない。古い籠は惜しかったので、別に新らしい鳥籠を買って来て、その中に大瑠璃を入れて、多田基君にやってしまった。それで私の溜め息の節は間もなくなおるに違いない。

五位鷺

私が寝ついてから間もなく、右を下にして寝ているうしろの、人の起《た》っている位の高さよりもっと上で、急に一声女の悲鳴が聞こえた。そうして、それに応じて私の眠っている喉《のど》から不意に恐ろしい声が出た。そうして私は目がさめた。寝床の中で顔色が変っていそうに思われる程恐ろしかった。

女はただ一声、何ともわからない声で叫んだ丈《だけ》だった。それに答えた私の声も、まだ私の耳に残っているけれど、何を云ったのだか解らなかった。

有明けの電燈が、いつもの様に穏やかに辺りを照らしていた。

そうして部屋の中に変ったところもなかった。

夜が更けているらしく辺りに何の物音もしなかった。

私は何ともわからない恐ろしい気持になったので、布団の中にからだをすくめて、寝ようとした。

そのうち、又いつの間にか眠った。

川沿いの片町を這入《はい》った横町に、雨が土砂降りに降っている夢を見かけていたら、その夢とは丸で拘《かかわ》りなく、又私の頭の上で女の物凄い叫び声が聞こえた。そうして私の喉の奥からそれに答える様ないやな声が洩れて、私は目がさめた。

私は半身寝床の上に起き上がっていた。

醒めた拍子に一時に出たらしい冷汗が、頸から背中に流れている。寝床の中で、膝ががくがくと慄《ふる》えた。

そうして、その恐ろしさと別に、今夢に見た雨の降る横町のことが、心に残っていた。もう少しその先まで行きたかった様に思われて仕方がなかった。

私はその儘《まま》寝床の上に坐った。

目の前の北向きの窓を、外から闇がおしている様な気がした。

長い間、何の物音も聞こえなかった。

さっきの時から、どの位たったのだか解らなかった。

畳や天井の色が、いやに白けている様に思われた。

考えている内に、考えが取り止めもない事にまぎれ込んだ。

女を殺した事があったら、怖いだろうと思った。しかしそんな覚えがなくても、恐ろしい事が起こるのに変りはない様にも思われた。

どうしてこんな変な事があるのだか解らなかった。

どこからか風が這入るらしかった。しかし風の向きは解らなかった。

私は寝床を離れて、部屋の外に出た。

部屋を出る時、後から何かついて来るような厭《いや》な気持がした。

母屋に通ずる渡り廊下に、夜更けの風が静かに吹いていた。

私は厠《かわや》に行くつもりで、その廊下を伝いながら、空を見た。

月は見えないけれど、薄明りが初夏の空に流れていた。帯のように細い雲が、隣りの屋根の棟を越えていた。

その時、その細長い雲の下を、低く動いて行く影が見えた。

夜鳥が渡っているらしかった。事によると、五位鷺かも知れないと思った。

それでふと、さっきの声は五位鷺が泣いたのではないかと思いかけた。

すると私は、急に身ぶるいがする様な気持がした。私が今まで寝ていた離れの屋根の上に、大きな鳥が一羽とまっていた。暗くて姿ははっきりしないけれど、こちらを向いているらしかった。

私はしっと云って見たけれど、遠くて声が届かなかった。

手水鉢の水を手杓に汲んで、鳥の方にはねた。しかし鳥は動かなかった。そうして、じっと私の方を見ている様に思われた。

私は何とも云われない程恐ろしくなって、夢中で、杓を離れの棟に投げつけた。杓はどこ迄届いたか解らなかった。けれども、その拍子に屋根の鳥は、はたはたと立った。そうして低く飛んで、隣りの棟とすれすれに姿を消す時、一声ぎゃっと鳴いた。するとその鳥の遠ざかる姿を見送っていた私の喉から、不意にぎゃっと云う声が出た。それと同時に、私の心に覚えのない涙が、いきなり頬を伝って流れた。

百鬼園日記帖　十五（大正六年九月十六日）

此頃毎夜の様にたみが夢を見て泣く。どんな夢を見ているのか聞いても、眠たがってわからない、朝きくと青い夢だとか赤い夢だとか、久と同じ様な事を云ってしまう。夢の内容はわからないけれど、何だかつらそうに悲しくて堪《たま》らない様に泣くのが可哀いい。四つの子供が毎夜うなされるのは不思議である。あの子自身の又は私達の運命を子供らしい怖ろしい詩として予覚するのではないかと思うと無気味にもある。（九月十六日夜）

睡魔

県立病院の裏の、丁度避病舎のある辺りの塀際に蛇が沢山死んでいて、かんかん日が照りつけるものだから、いやなにおいがする。うねくねするのも気持が悪いが、白い腹を出して伸びている姿は一層不気味である。どうしてもその道を通って行かなければならないので、成《な》る可《べ》く蛇の屍骸を踏まない様に歩いているけれど、においが激しくて自分の口の中までが臭くなった様に思われる。息苦しくてその場に立ち竦《すく》みそうになった。

ちょっとした機《はず》みでそれはみんな夢であると云う事がわかりかけた。しかしそう思っていながら、どうしても目が覚めないのである。何だか遠くの方で家の人のけたたましい叫び声が聞こえている様に思われた。

いきなり肩の辺りを小突かれたので、やっと目が覚めた。耳のすぐそばで母が大変な声をしている。びっくりして跳ね起きて見たら、部屋じゅうにきな臭い黒煙が立ちこめて、今まで頭を著《つ》けていた枕の下から、新しい煙が青い筋になって湧き出している。

私は半焦げになっている枕の上に眠っていたのであって、その火が敷蒲団に伝い、綿を焼き抜いて畳の色も少し変わっていた。母が半挿《はんぞう》に汲んで来た水をその上からぶっ掛けて、敷蒲団をめくるのを私はぼんやり見ていた。ちっとも知らなかったので、若し傍で騒がなかったら、その臭い煙のにおいを嗅ぎながら、蒲団に廻った火が肩を焼くまでは眠り続けたかも知れない。何処かが熱くなれば目を覚ましたに違いないけれど、煙が鼻に這入《はい》るくらいでは起きられなかったのである。坊主枕の端から下半分が刳《く》り抜いた様に焼けて、黒焦げになった中身の蕎麦殻が辺りにこぼれているのを、私は他人事《ひとごと》の様に眺めて、不思議に思った。

どうしてそんなに眠かったかと考えて見ても、その朝に限った特別の理由があった様には思われない。いつだって寝入った後は同じ事の様でもあるが、ただ頭の下で枕が焦げて、その煙で家の人が騒ぎ出すと云う様な事は滅多にあるわけもないから、ふだんはどの位深く眠っているか解らないだけの事であろうと思う。その朝は一《いっ》たん目を覚まして、もう起きようと思ったから、一服巻莨《まきたばこ》に火をつけて、寝たなりでふかりふかりやっている内に、いつの間にか又眠ってしまったのである。火のついた煙草を持っている手首がだらりと下がって、その内に指の力も抜け、煙草は火のついた儘枕の下に転がって、そこから、静かに焦げ出したものと思われる。突然それだけの煙を吸わされたら、目を覚ましたかも知れないが、段段に馴れて行って、臭いなと思う感じは夢に移してすましていたので、そんな騒ぎになるまで気がつかなかった。随分昔の話ではあるけれども、今でもその位の事はやり兼ねない様な気がするので、一《いっ》たん眠ったら、後はどうなるか解るものではないと云う覚悟はいつでもしている。

夢　路

I

獏《ばく》と云う獣は見た事はないが、熱帯の深林に住む奇蹄類で犀《さい》に似て草木の芽を食うと字引にあるから本当にいるらしい。しかし人の夢を食う獏は人相書が違う。この方は形は熊に、鼻は象に、足は虎に似て、尻尾は牛の様で、毛には黒白のまだらがあり光沢を帯びているそうである。霊獣の麒麟とジラフ、唐獅子の獅子とライオンとは違う様なものかも知れない。

尤《もっと》も実在の獏も空想の獏も鼻の工合が上脣《うわくちびる》と鼻を一緒にした様な恰好で伸びている点は同じである。夢を食う獏とは丸っきり別物ではない様でもある。

Ⅱ

子供の頃に動物写真帖を持っていて、何度でも飽かずに見入った。一番初めの頁はライオンの牡であった。虎や豹は巡業に来る見世物で何度も見たがライオンは見た事がない。田舎の郷里へ廻って来ないだけでなく、その時分ライオンは滅多にいなかったのだろうと思う。ライオンが動物園の檻の中で子を産んでカナリヤか十姉妹《じゅうしまつ》の様に殖《ふ》え出したのはずっと後の事である。だから見た事のないライオンの写真は英雄崇拝の気持で眺め入った。虎や豹の写真も勿論《もちろん》載っている。知っているから又趣きが深くて見飽きがしない。象も何度も見た事がある。象が芸当をする興行の時は、大夫の象の背中に四角い枠を載せてその上から幕を垂らし、蚊帳を吊った様な事をして象の姿が足や鼻の先だけしか見えない様にしたのを、顔見世に町じゅう引っ張って歩いた。馴れた象だったに違いないが今から考えると、よく警察が許したものだと思う。象の写真も載っていた。狐は雞《にわとり》を横ぐわえにした写真であった。カンガルウもあったがまだ見た事がなかったので珍らしかった。一番仕舞の頁が貘の写真であった。貘は夢を食うと云う事を祖母から聞いていたが、それはただの話しだと云う事も解っていた。しかしどんな動物だろうと云う好奇心はあったのでその写真を一生懸命に見入ったけれど、ライオン以下みんな動物の姿がはっきり写っているのに、貘の写真だけはぼやけていて正体がわからない。何度でも見詰めて判じたいと思っている内に段段わかって来た姿は獣の形でなく、さげる手のついた果物籠の様な物であった。

Ⅲ

夜半に電気が消えた為、余り暗いので目がさめた。目蓋の上に暗闇の重みがかかって来る様な気持である。寝る時に燈りが煌煌としているのも困るが、少しは明かりが残してないと私は寝つかれない。真暗闇の中で目がさめると、どっちへ向いて呼吸をしていいか解らない様な気がする。その内にうつらうつらして、外に薄明かりが射す頃からぐっすり寝込んだ。朝の夢に昔教えた学生達が独逸語《ドイツ》の芝居をするので私が立ち会っている。平井と早世した森田の顔がはっきりしていた。外題はアルト・ハイデルベルクの様でもあり、それなら昔本当に法政大学でやったのだが、或《あるい》はライネケ・フックスの狐の裁判の様でもあった。夢の途中で目がさめたら、隣りの朝のラジオから聞き覚えのある管絃楽が聞こえていた。二十何年前の独逸語芝居の開幕前に、頼んで来た近衛の軍楽隊が演奏したオーヴァチュアの節だったかも知れない。それが眠っている耳の穴へ流れ込んで古い記憶を引き出し即座に独逸語芝居を組み立てたのであろう。

Ⅳ

高等学校当時の同級の田島が来て山雀《やまがら》をくれと云うので買って来てやろうと思う。同級だったと云うだけで特に親しかったわけでもないのにどうしてそんな古い顔が出て来たか解らない。独逸語芝居よりもう一つ前の夢だと思うけれど、しかし夢の前後はあてにならない。山雀は昔子供の時に飼った事はあるがあんまり好きな小鳥ではない。この頃は小鳥の値段が高い様だから山雀なぞも大変だろう。それに中で宙返りの出来る脊の高い鳥籠を買わなければならない。よく聞いて見ると田島はそれを人にやるつもりなので、親類のおばさんから頼まれたと云うから、それではやってもつまらないと思い、しかしことわるのも六《む》ずかしい様で困っていると玄関に人の気配がするから行って見たら、カンガルウのルウさんと云う法政大学の書記が、お客様の話し声がする様だからと云って遠慮して行ってしまおうとする所であった。引き止めて上がらしたら擦れ違いに田島が出て行って表に停まった細長いバスに乗った。表の道の右手は急な降《くだ》り坂で左手は切り岸を立てた様な登り坂である。幾つも行ったり来たりする細長いバスが、降り坂から逆落《さかおと》しの様に降りて行き、登り坂を鯉の瀧登りの様に登った。手に汗を握る程ひやひやしながら、これは山雀の宙返りに掛けているのだと云う事を夢の中で判じた。

笑顔 「昇天」補遺

私が子供の時通った学校道の向うから、亜米利加《アメリカ》人の子供が五十三人、一かたまりになってやって来た。みんな顔がのめのめしているので、白子の様でもあり、セルロイドの様にも思われた。子供達の真中に盛り上がった様になった所に、母親と祖母がいたが、二人の歳はあまり違っていない様に思われた。黒縁の眼鏡をかけている方が母親である。その顔に見覚えがあると思って、一生懸命に考えていたら、やっと思い出した。十年ばかり前に、おれいが耶蘇教の施療病院で死んだ時、病院の廊下で会った事がある。

おれいは芸妓をしていて死んだけれども、生れつき内気な性質《たち》で、子供の時、家にお客が来ると、梯子段の中途に息を殺して隠れてしまう。下から、降りてお出でと云うと「ええ」と小さな声で返事をして、その拍子に一段上に上がって腰を掛け直す。よその人が帰ってしまわなければ決して降りて来なかった。

近所まで行って蠟燭を買って来いと云われると、出掛ける事は出掛けるけれども、向うへ行ってから、店に這入《はい》る事が出来ない。それで小さな妹を連れて行って、自分は往来で待っていて、妹に蠟燭を買わせて帰って来た。

大きくなってから、二親《ふたおや》とも死んでしまった後、姉の亭主の計らいで無理に芸妓に出されたが、そう云う気質だから、つらかった事であろうと思われる。しかし、遊ぶお客の方から見れば、そんな風な芸妓もまた面白いに違いない。綺麗にお座敷ばかり稼いで、それで相当に売れたらしい。

十九の歳に死んだのだが、後で色色の人の話を聞いて見るに、おれいは純潔のまま昇天したらしい。肺病と云う事が解ってから後の病気の進み方が速かったのも、どうせそうなるものなら或《あるい》はおれいの仕合せであったかも知れない。

自分では肺病と云う事を知っていたのか、知らなかったのか解らないが、仕舞頃にはお座敷で随分酒を飲んだらしい。おとなしい芸妓が急に盃を取り上げてお相手をし出したので、お客の方では華やかな意味に取って、もっと、もっととすすめた事もあるであろう。おれいが死んだと云う知らせを聞いて、いつもお座敷に呼んでいた生魚問屋の若旦那が来て、自分がお酒を飲ましたのが悪かったと云って泣いたそうである。

或る日私がその施療病院へ見舞に行くと、おれいは何となく嬉しそうな顔をしていた。痩せこけたなりに美しい俤《おもかげ》を残している頬に、微かな笑顔が輝いている様であった。枕に頭をつけたなり、横目で枕許に転がしてある林檎を眺めて云った。

「これを戴きましたの」

「それはよかったね」

「親切な異人さんですわね、その異人さんが御夫婦で入らしたのですって。みんなのお見舞に、林檎を一つ宛《ずつ》下すったの。それで今、事務所の人が、配ったのですわ」

気がついて見ると、大きな病室の両側の窓際に、二列に列《なら》んだ二十ばかりの病床のどの枕《まくら》許《もと》にも、赤い林檎が一つ宛、美しい色を放って病人の頬を照らしていた。

林檎をくれた西洋人は私は知らないのだから、五十三人の子供を連れていた亜米利加婦人とは無関係である。しかし、何故そんな夢を見たのかと、朝起きてから考えていたら、今日は二十五日であって、おれいはクリスマスのお午《ひる》に死んだのだから、月は違っても命日なので、何かそんな気がしたのかも知れない。

東京日記　その五

亡友の甘木の細君が場末の二業地《にぎようち》で女中をしているので訪ねて行くと、工科大学教授の那仁さんも来合わせて、三人で話しをした。

那仁さんは子供の時の悪戯で左の腕の関節を痛めているから、壺《つぼ》を押さえる事が出来ないと云って、三味線を逆に抱いて、ちゃらちゃら鳴らした。右手で棹を握っている恰好が変なので、止めてくれればいいと思ったけれど、音が途切れると、非常に淋しくなって、その場に居堪《いたたま》れない様な気がするので、矢《や》っ張《ぱ》りああやって、三味線を弾いていた方がいいとも思った。

いつの間にか甘木の細君の話に身が入って、那仁さんも身体を固くしているらしい。あんまり甘木の事を話すので、何処かにそれが感じやしないかと云う事が気になって心配であった。

幽霊などと云う事を恐れるのではないけれど、ついこないだも告別式に行ったところが、時間を遅れたので、お棺を焼き場へ持って行った後であったから、みんなの帰って来るまで待っていようと思ったが、あんまり暗いので蠟燭《ろうそく》をともそうとすると、そう考えただけで不意に変な気持がした。

何だか解らない気持が、坐っている身のまわりに、外から無理に迫って来る様に思われた。それを払いのける為にも、早く蠟燭に火をつけようと思ったけれど、いくら燐寸《マッチ》を擦っても、欻《ほのお》が蠟燭の心《しん》に触ると同時に消えてしまって、どうしてもともらなかった。そうしてしくじる度《たび》に、火の消えた後がその前よりも一層暗くなって来る様で、しまいには息が苦しくなった。何も幽霊などと云う事を怖がっているのではないと考え直した途端に、ふと入り口の方を振り返ると、玄関先の暗闇の右寄りの一隅に、つい一週間ばかり前になくなった別の知人の顔が、額縁に這入《はい》った肖像画の様にはっきり浮き出しているのを見た事がある。

甘木の細君の話を聞いている内に、そんな事を思い出したので、もう死んだ甘木の話は止めてくれればいいと思っていると、細君の方では急に真剣な調子になった様であった。

その話と云うのは、甘木が生前に大事にしていた大きな絵皿が一枚残っている。お金に困るから、それを売りたいと思うけれど、手離しては故人にすまない様な気がするので、その皿の模造をつくらして、それを売ろうと云うのであった。

その話を聞いている間も、段段身のまわりが引き締まる様で、息苦しくなった。

しかしその皿の事は私ももとから知っているが、甘木が大事にはしていたけれど、あなたの云う程窮屈に考える必要はなかろうと私は云おうと思った。

那仁さんも甘木の友達だったのだから、何か云ってくれればいいと思うのに、石の様に硬くなってしまっている。

それで私は言葉を切り切り話した。しかし売ってしまえばいいではないかと云うところまで中中云われないので、段段に話しが途切れ途切れになり、その黙っている間の息苦しさに堪えられなくなった。すると細君が急に後を向いて、

「あれ、あれを見て下さい」と云ったので、振り向くと、隣りの間境の襖《ふすま》が開いていて、その向うの部屋に、甘木が何年か前に死んだ時の儘《まま》の姿で寝ていた。胸の辺りから裾の方だけ見えているのだが、もう冷たくなっている事は、こちらから見ただけで解った。

百鬼園日記帖　大正八年三月一日

朝七時少し過ぎに目がさめた。一旦起きたけれどもまだ著物《きもの》が温めてないと云うから又寝床へ這入《はい》る。もう寝まいと思っている内に一度冷めた身体にまた温《ぬく》もりが帰ってくるのにつれて心が流れる様に眠くなった。八時前に町子が著物が温りましたと云った時には半分はねていたらしい。煙草を吸っていたんだけれども其儘《そのまま》ねてしまった。そうして夢を四つ見た。だれだかわからないが人の細君と二人ぎりいた夢と軍人になってだれだかわからないけれどもただの知り合の先輩に過ぎない人が大佐か中佐かになっているもんだからその人の部下になって大いに閉口している夢と汽車に乗っていたら其汽車が可《か》なり急な勾配を上って行った、こんなに急でも短かい間だから上れるんだと思っていた、その時私にはすぐにわかったので窓を覗いて見たら果して一番後の車が横たおしに倒れていた。私と同乗していたのはさっきの夢の軍人の様でもあったけれどもよくわからない。其男が早速ひっくり返った車の方へ行き私は坂を上って医者を呼んで来ることにした。小さい木造の洋館があって士官学校の田村が出て来た。早く医者をよこしてくれと頼んだ。いい病院が近所にあった様に思われる。堀野の兄もいた。そこの病院の医者が来ればいいと私は思ったらしい。田村が、なあに毒器さえ持っていればどんな医者だっていいでしょうと云った。消毒器の事なのだろうけれども彼は毒器と云った。そうして医者が行ったのだかどうだかそれは解らない内に消えてしまった。そんな夢はどうでもいいけれども、もう一つの夢の景色は覚えて置きたい。岡山の公園裏の後楽園道の西手に恐ろしい程広い池が出来ていた。水が青黒く湛《たた》えている。私は古京《ふるぎょう》の方からその池の縁の道を伝って行った。日がくれかけていて遠方の方は暗い。池の縁の右の道端に小さな小屋があって中に二尺位の高さの石塔がたっている。石塔の表の字が四字か五字かある内の船頭と云う上の二字丈《だけ》読めた。それ丈でしかし私は此池に死んだ船頭の地蔵様だと思った。そこからその後楽園道を左に折れて池の北岸を廻っている径《こみち》を伝った。その道は向うの藪の中に這入って行くのだがそこを私は歩いて行った。池の中を東南の隅からこちらの西北の隅へ斜に漕いでくる舟があった。船頭の外に一人の男が乗っていたけれども顔も何もわからない。風が吹くので大きな波が暗い水面に膨れ上がったり又落ち込んだりしている。

その波の間から向うの方に小さい灯が水の上にともっているのが見えた。あれは船頭の死んだ場所を知らす為にともしてあるのだろうと思った。その灯が水の上に浮いてゆられているのが恐かった。私の前に汚い女が小さい子供を二人つれて丁度公園裏の川にかかっている橋を渡りかけていた。私は其後から藪の方へ歩いて行った。その後はもう解らない。

朝マイステルの翻訳の曽根のやった所を直す。午後もそれを続けようと思っているところへ曽根が来た。夕食後夜八時去る。突然お以勢さんを後妻に貰い度《た》いから話してくれと云うので驚いた。ひるその話をして、私の意見を聞くから色色考えなければならなかった。けれども曽根は随分積極的で熱心であった。それでとに角お以勢さんに会って話して見ようと迄思った。すると夕飯の時彼がもう最後迄行ったのだからと云ったので、又びっくりすると同時に、そんなら話は何でもなく又私は曽根とお以勢さんのいい様にどんなにでも労を取ろうと思った。其後で大江へ行き今迄出来ているところの翻訳の相談をして後でビールをよばれて一時帰る。

百鬼園日記帖　六（大正六年八月五日）

　一昨年の夏か其前の年の夏かよく覚えないが、たしか木曜でない日の昼に先生の所へ行った。書斎へ這入《はい》って見たら、薄暗い陰の中に外の樹の葉の色が染《し》んでいる其部屋の中で、きびらのくちゃくちゃになった著物《きもの》を著て、汚い包みの動く様に先生がうごうごしていた。黙って見ていたけれど、余り妙な風だから暫くして私は先生に、妙な風ですねえ、と云った。「人に貰ったんだ。涼しくていいよ」と先生が云って、そこいらを何だか、片づけるんだか散らかすんだかして、うごうご動き廻った。其時の黄色い先生を今でもはっきり思い出す。

（八月五日昼前）

百鬼園日記帖　六十三（大正六年十二月？）

七八日前の夜の夢に、芥川に色色世話になったから礼をしなくてはならない、先《ま》ず彼にお菓子を食べさせようと思う。私はいつの間にか岡山に帰っていて、芥川もまた岡山に来ている。隣りの中山へ行っていろいろの駄菓子を買って芥川にやった。汚い色をした羊羹や三角に切ったカステラも買った。店の右手の方の硝子《ガラス》函の中にシュークリームが三つある。古いかも知れないからよそうと思う。何だかいやな臭がするから往来を見ると、十ぐらいとその弟らしい子供が二人綱や革で一緒にしばられて、そばに巡査がついている。それから丁度私の家の前に馬鹿に大きな長四角な青籠が降りていて、中に死骸が二つねていて、その上に青草が死骸の見えない様にふりかけてある。その死骸から鼻を刺す様ないやな臭が出るのが知れた。それから子供がしばられているわけは、親の夫婦はもう前に引致《いんち》せられて、それ丈《だけ》では足りないので子供迄つれに来たので、何でもその家のものは、昔、一時私や祖母がいた児島屋の隣りの岡崎の借家にいてお墓屋を商売にしているんだが、亭主がわるい奴で、よその内の死人を葬るといって料金を貰いながら、その死骸はちっとも葬りもしないで、裏の物置倉の中に何十も積み重ねて、ほうって置いた事が警察に知れたのであった。もうしまい頃には芥川は何処へ行ったのか消えてしまっていた。

故人の来訪

「東炎」の大森桐明《とうめい》さんがついこの間亡くなった。桐明さんは僕より年下の人だが、いろいろ桐明さんの友情を難有《ありがた》く思っている事もあるので、死なれて哀悼に堪えない。「成《な》る可《べ》く用事のない者は来てくれるな。見舞ならば午前中に来てくれ」と云う事で、僕は午前中は差支《さしつか》える。差支えると云うのは勤務の事でなくて、僕自身自分の身体の都合で午前中は人の見舞に行く事が出来ない。又用事がない者は来るなと云うのだから、行かずにおるより仕方がないので、花を探して来たり、蘭を届けたり、自分で水菓子屋へ行って気に入りそうな品を探して病床へ贈ったり、その使いの者から伝言をさせてお見舞している内に病が重くなって亡くなられた。そう親密と云う程ではなかったが同郷ではあるし、その他「東炎」の関係もあって、大森さんが亡くなったと云う事に就いては多少こちらが年上でもあったから、蕭《しょう》条《じょう》の感を抱いていた処が、亡くなって何日ぐらい後だったか、大森さんが訪ねて来た。勿論《もちろん》それは夢で、初めは夢だったのだが直ぐ目が覚めてしまい大森さんと話をしていた。夢が覚めたと云う事は自分でも解っていて、覚めていながら僕の所にいる大森さんと対談することが出来たのである。「それではお前は何処に坐って、お前の座布団は何処にあったか」と云うことを穿鑿《せんさく》されると困るが、随分永い間桐明さんと話をした。話が済んでから僕は再び眠り、目が覚めた時大森さんはその場にいなかった。会っていた感じは、どうしても故人とは思われず普通の訪問と違わなかった。

夢裏

宇野千代さんが入《い》らして、後から主人が伺うけれど、と云う話しだったと家内が伝えた。何だと聞くとお宮様の寄附の事らしい、しかし後から御主人が入らしても、会わなくていいでしょうと云った。

玄関の辺りをうろうろしているところへ、宇野浩二さんがやって来て、顔を合わしたから止むを得ず応対した。宇野さんは半禿げの男と一緒に来た。地所の売買の仲介ばかりしている近所の傘屋の亭主らしい。もう一人よくわからない男がいた様だが、はっきりしない。

ついその先の裏道に廃社になっている神様のほこらを建てるのだから、皆さんの寄附を貰いたいと云う話しなので、お揃いで来たのだし止むを得ないと思う。念の為にあの神様は何の神様かと尋ねて見た。何の神様かと云うのはどう云う意味かと宇野さんが聞き返した。御神体は人間です。ははあ、して見ると云うと。

宇野さんが少し怒りかけた様だったので、お金の話しに戻した。まだいくらいくら出せとは切り出していないが、大変な事だろうと云う気がする。それにはこちらから予防線を張った方がいい。何の基準でお取り立てになるかと尋ねた。同道の半禿げと、もう一人のはっきりしないのも口を出して、三人で何か耳打ちを始めた。

つまり税金を標準にされるのが一番よかろうと私が口を切った。三人が一時に私の方へ顔を向けた。三つとも盤びろで、平ったくて、白けている。思わず起《た》ち上がったが、その序《ついで》に税金の書附けを取りに行った。

長い広い廊下をずっと行って、右に折れて縁側を伝って、その一番奥の座敷が私の書斎である。書斎の抽斗《ひきだし》の中に税務署の書附けがある。

縁側の障子《しょうじ》を開けて中へ這入《はい》ったら、薄暗い壁際に、顔色の悪い青年が二人いた。一人は半ば寝そべり、一人は片膝を立てている。こわくなったので、すぐ書斎を出たが、二人は起ち上がり、私を追っかけそうにした。

私はけだものが吠える様な声をしたそうで、家内がお勝手から飛んで来て、私を起こした。目がさめても、まだ気味が悪い。宇野千代さんと宇野浩二さんは勿論《もちろん》御夫婦ではない。私はお二人のどちらにも会ったことがない。四国へ渡って見ようかと考えていたので、岡山の宇野港のことがどこかに引っ掛かったのだろう。

そこ迄はわかったが、壁際の二人には心当りがない。夢の中の顔色を思い出しても気持がわるい。もう起きようと思って寝返りした拍子に、その中の一人はその時分の私だろうと思いかけたら、さめていてもう一度うなされそうになった。

草平さんの幽霊

牛込矢来《うしごめやらい》の坂の上の交番を背《うしろ》にして向うを見ると、坂を下り切った先に江戸川橋があり、その先の音羽《おとわ》の通の突き当りには護国寺がある。

右へ行けば坂がまだ登りになって、上がり切った辺り一帯が矢来の丘である。そのもっと先は牛込肴町《さかなまち》でそれから神楽坂になる。矢来の丘の外れ、神楽坂に近い崖の上に昔森田草平さんが住んでいた。

左へ行くと榎町《えのきちよう》で、もっと行けば漱石先生の漱石山房のあった早稲田南町が近くなる。

その道順の右側の家並みの、交番の正面になる角から五六軒目に本屋があって、間口は狭いけれど、店の中に這入《はい》ると黒い土間が広く、その四辺に高い本棚が列《なら》んでいて、本がぎっしり詰まっている。

私はその土間に起《た》って、何か本を探していたかも知れない。本がなかったのか、探すのを止めたのか解らないが、店の入口の所にぼんやり起っていた。いいお天気の朝の内で、外は明かるい。並びの家並みに沿って歩いて草平さんが近づいて来た。

入口に起っている私の前をすり抜けて、会釈もせずに土間へ這入り掛けた。五分刈り頭が白髪で真白で、顎鬚《あごひげ》も同じくらい伸びていて白い。白っぽい地の著物《きもの》を著て、袴を穿いている。昔見馴れたセル地の袴らしい。

「幽霊だ」と思った。非常に恐ろしくて、身体が竦《すく》んだ。頭の毛が一本立ちになった。ひとりでに声が出て、「わっ」と云った。草平さんの幽霊は一足二足土間へ這入り掛けた。その時私が「わっ」と云ったのだろう。途端に草平さんの姿は黒い土の上で消えて、無くなってしまった。

矢《や》っ張《ぱ》り幽霊だと思ったら一層恐ろしくなって、立て続けに声を立てた。

お勝手で朝の用事をしていた家内が驚いて飛んで来て、魘《うな》されている私を揺り起こした。目がさめてもまだ、草平さんが消えた黒い土の肌がそこに見える様で、覚めてから更《あら》めて顔から頸に鳥肌が立った。

それからまだ何度でも、こわくなった。

夢に死んだ人を見るのは珍らしくない。しかし普通は、死んだ人が夢の中では生きているのであって、だから覚めた後でなつかしかったり、悲しかったり、気味が悪かったりする事はあっても、いきなり恐ろしくなると云う事はない。死んだ人に夢の中でまた会おうと思う事すらある。草平さんの幽霊の様に、夢の中で実在の幽霊の様にはっきりしている、と云っても幽霊は実在しないとすればなお更こわい。

その夢の前の日に、何かしていてふと森田草平選集の事を思った。選集は全六巻の予定である。その内の既刊三冊が手許にある。第三回配本の後が暫らくとだえている様であって、六《む》ずかしい仕事だろうから遅れるのも止むを得ないし、又こう云う刊行物は遅れ勝ちのものである。今に第四回配本が来るとは思うけれど、私は草平さんの選集の完結を祈念しているので、少しく心配した。それが夢になったのかも知れない。それならいいが、私の心配の為でなく、草平さん御本人が心配しているので私の夢の中へ這入って来たのだとすると、又こわくなる。

山東京伝

私は山東京伝の書生に這入《はい》った。役目は玄関番である。私は、世の中に、妻子も、親も、兄弟もなく、一人ぽっちでいた様である。私は山東京伝だけを頼りにし、又崇拝して書生になった。

私は玄関の障子の陰に机を置いて、その前に坐っていた。別に私の部屋は与えてくれない。けれども、私は不平に思う様な事はなかった。兎《と》も角《かく》も、こうして山東京伝の傍に居られるのが、うれしいと思った。

私は、その机の上で、丸薬を揉んだ。一度に、五つも六つも机の上に置いて、手の平でころがして居る内に、箸の様な薬の棒を切ったままの、角のある片《き》れが、ころころと丸薬になった。私は、一生懸命に揉んで、机のまわりに、ざらざらする程、丸薬をためた。その間に、いろいろの人が、玄関を訪れて来た様だけれども、みんな、はっきり覚えられない。

そのうちに、御飯の時が来た。御飯を食うところは、何でも非常に奥の方の、白けた様な座敷であった。私がそこへ這入って行くと、山東京伝は、もう、ちゃんと、上座に坐って、食事をしていた。私は、閾《しきい》の上に手をついて、丁寧に御辞儀をした。暫らくして頭を上げて見ると、山東京伝は、知らん顔をして、椀《わん》の中に箸をつけて居た。それで私は猶《なお》の事、山東京伝を尊敬し度《た》くなった。

私は、白けた座敷の中に這入って、私の膳についた。辺りに、自分の影が散る様な心持がして、気になって仕方がない。それに、広い座敷の中に、私と山東京伝の外、誰もいない。私は、気が詰まる様で、黙って居られなくなった。又黙っていては悪かろうと云う心配もあった。けれども、つまらぬ事や、気に触る様な事をみだりに云って、怒られても困ると思った。私は、頻《しき》りにもじもじして居た。山東京伝は知らん顔をして汁を吸うていた。私はいよいよ、山東京伝を畏敬する心が募った。

私は早く飯が食い度くて堪《たま》らない。けれども、山東京伝は、食えとも何とも云ってくれない。食えとか、何とか云うのが、厭《いや》なのかも知れない。そうだと、無暗《むやみ》に遠慮しているのは、却《かえ》って悪いかも知れないから、食おうかと思った。けれども、そうでないのかも解らない、今丁度食えと云おうとして居るところかも知れない、すると私が無遠慮に箸をつけるのも、亦《また》よくない。私はどうしようかと思って、膳を前に置いて、もじもじ迷って居た。

その時、玄関へ、だれか来た様な気がした。私は、直ぐに玄関へ行き、途途《みちみち》ほうと溜め息をついた。玄関には何人も居ない。だれか来て帰った後の様な気がする。その為に、あたりが非常に淋しくて、そこに起《た》っていられない。私はすぐに奥の座敷へ戻った。そうして、山東京伝の顔を見た。山東京伝は大きな顔で、髯《ひげ》も何もない。睫《まつげ》がみんな抜けてしまって、瞼《まぶち》の赤くなった目茶茶である。私は、その顔を見て、俄《にわか》に心の底が暖かくなった。

「誰もまいったのではありません」と私が云った。

山東京伝は返辞をしなかった。私は怒ったのだろうかと思った。じきに起って、神主が歩く様な風に、しずしずと座敷を出て行った。私は蒲鉾《かまぼこ》をそえて御飯を食い、それから鼻の穴に水の抜ける程、茶をのんだ。そうして、玄関の脇で、丸薬を揉んで居た。

暫らくすると、不意に小さい人が訪ねて来て、玄関の式台から、両手をついて上がって来だした。

私は、山東京伝のところへ、その事を云いに行った。山東京伝は、何だか縁の様な所に、ぼんやり起って居た。私がこう云った。

「只今、まことに小《ち》いさな方が、玄関から上がってまいりました」

「何ッ」と山東京伝が非常に愕《おどろ》いた変な声を出した。聞いてる方がびっくりして、飛び上がる様な声であった。私はまた同じ事を云った。

「只今、まことに小いさな方が、玄関から上がってまいりました。式台に、こう両手をついて……」

「そらッ」と山東京伝が、いきなり、馳《か》け出した。私も後をついて走って、玄関に出た。山東京伝が、玄関の閾に起って、目を据えて、式台の方を眺めている。私はその後にじっと起っていた。

すると、山東京伝が、急に後を向いた。その顔が鬼の様に恐ろしい。

「気をつけろ。こんな人間がどこにある」そう云って山東京伝は、にじりよって、私を睨んだ。

「こりゃ、山蟻じゃないか」

私は、尻餅を搗《つ》く程びっくりして、その方を見た。成程《なるほど》、頭から背が、黒い漆をぬった様に光沢のいい山蟻であった。

私は山東京伝に謝りを云った。山東京伝はきいてくれなかった。

「士農工商、云ったって駄目だ。君の様に頼み甲斐のない人はない」

私はうろたえて「誠に申しわけ御座いません」と云った。

「いや、あやまってすむ事でない」と山東京伝が云った。

私は、山東京伝がこんな事を云うのを心外に思った。けれども、自分が誘った様なもんだから仕方がないと諦めた。

「出て行け」と云ったきり、山東京伝は黙ってしまった。もう、なんにも云わない。私は、とうとう、山東京伝の所を追い出された。

私は、道の真中に追い出されて、当惑しているごたごたした心持を、どこへ持って行って、片づける事も出来ない、泪《なみだ》を一《いっ》ぱいに流して、泣いていると、解った。蟻は丸薬をぬすみに来たのである。それだから、山東京伝が、あんなにうろたえて、怒ったのだろう。けれども、山東京伝が、どうしてそんなに丸薬を気にするんだか、それはわからない。

矮人

私が旅館の一室に、火鉢を抱えてじっと坐っていると、しきりに誰かが来そうな気がした。旅館の前の川沿いの道を、人が歩いているように思われた。欄干のない橋の上を誰かが渡っているらしくもあった。

私は十二畳の座敷に一人坐って、目を開いたりつぶったりしていた。眠たいようでもあり、又何となく気がかりで落ちついていられない様な気もした。夕方近い日晷《ひあし》が、廊下の向うの、腰の高い硝子《ガラス》戸から斜に消えて行った。どこかで猫のなく様な赤坊の声が聞こえたり、赤坊かと思うと猫が鳴いていたりした。

すると、いきなり入口の障子《しょうじ》が開いて、女中が顔を出した。

「お客様がお見えになりました」と云った。

私は待っていた様な、会いたくない様な気がしたけれども、客を通した。友達が二人、二人とも疲れた顔をして這入《はい》って来た。

「やあ暫らく、御変りありませんか。少しお肥えになりましたね」と一人が大きな声で云った。

それから、どんな話をしたか、はっきり覚えていない。一緒に夕飯を食べて、夜が更けてから、二人は帰って行った。玄関まで送って出た時、外を見たら、前を流れている川の水が明かるく光っていた。向う岸の暗闇の中を、大きな犬が走っている様に思われた。

女中が部屋を片づけて、寝床を敷いて行った後、私はまた長い間、一人でじっと坐っていた。矢っ張《やっぱ》り、誰かが来る様な気がして落ちつかなかった。夕飯の時に酒を飲んだ為、部屋の中に酒のにおいが残っていた。窓の外に寒い風の音がした。

それから私は寝床に這入って寝た。足や手の指の尖《さき》から、小さな蝸牛が列をつくっておなかの方に這入って来る夢を見ていた。その夢は何時までも何時までも同じ様に続いて切れなかった。しまいに蝸牛の這い方が段段速くなって来て、私はいらいらし出した。そうして、その中の一匹が横腹に辷《すべ》り落ちて背中の方に廻ったら、ふと目が覚めた。

北の窓に片寄せてのべてある寝床の中で、私は左を下にして寝ていた。何だか、からだじゅうが非常に疲れているらしかった。外には恐ろしい風が吹いていた。風の通って行く音が遠くの方まではっきり聞こえた。

すると何だか部屋の中で人の動く様な気配がした。そうしてまた酒の匂いがした。

座敷の真中に大きな瀬戸物の火鉢が置いてあった。その火鉢が、寝たところから見ると馬鹿に大きく思われて、何となく無気味だった。そうして、その陰になったところに何だか居るらしい気がした。

その時、廊下に面した入口の障子が開いて、女中が顔を出した。

「お客様がお見えになりました」と云った。

すると、火鉢の陰で何か気配がして、女中が帰って行った。

私は一生懸命になって火鉢の方を見ていた。

それからじきに廊下を人の歩く音がして、誰かが私の部屋に近づいて来るらしかった。そうして、気がついて見ると、火鉢の前に小さな人間が二人坐っていた。二人とも坐ったところは、麦酒罎《ビールびん》ぐらいの高さしかなかった。そうして、一人の方は馬鹿に大きな声を出した。

「やあ暫らく、御変りありませんか」と云った。

二人は夕方に来た友人らしかった。そうして火鉢の陰になったところに、私が坐っているに違いなかった。私は頭から水を浴びた様な気がした。

「少しお肥えになりましたね」とその男が云った。

すると火鉢の陰で何か云いそうな気配がした。私はその声が聞きたくないと思ったけれど、からだが石のようになって、身動きも出来ないから、耳をおおう事も、布団をかぶる事も出来なかった。

「そんなに見えるのですよ」と火鉢の陰で云った。その声は私の声に違いなかった。

「みんなそう云いますけれど、目方はちっとも増しやしない」

「お顔色はよくありませんね、先生は御病気ではないのですか」と、も一人の男が云った。

それから、みんなの前にお膳が出ていた。夕方食べたものと同じものらしかった。そうしてみんなで酒を飲んでいた。

私は寝床の中から、二人の食ったり飲んだりするのを見ながら、火鉢の陰になって見えないところを気にしていた。そうして取り止めもない話をしているのを聞いていると、みんな夕方に話し合った事ばかりの様だった。それからどの位時がたったか解らないけれど、私は恐ろしいなりに、少しずつ辺りがぼんやりして来る様に思われ出した。そうして眠くなりかけた。

すると急に騒騒しい気配がして、二人で帰って行くらしかった。障子が開いて、二人が廊下に出て行った。それから、火鉢の陰に気配がして、私が起《た》ち上がったらしい。私は見まいとしたけれど、目をつぶる事も出来なかった。青黒い羽織を著《き》た小さな私の姿が、二人を送って廊下に出て行った。

障子のあとは開け放して行った。三人が長い廊下を伝って玄関に行くのが、目に見る様にありありとわかった。私は寝床の中で客を送って出た私の姿を思うと恐ろしくて堪《たま》らなかった。そうして今すぐに玄関から此座敷に帰って来て、それからどうするだろうと思ったら、この儘《まま》寝床の中に寝てはいられなかった。私の姿が帰って来て、障子を閉めて中に這入って、それから煙草を吸って、それから寝巻に著換えて、そうして寝床の中に這入って来たらどうしようかと思った。もし私に向かって何か云い出したら、どうすればいいだろうと思った。私は強張《こわば》ったからだを身もだえして、もがいたけれど、身動きも出来なかった。指一本動かすことも出来なかった。

外には強い風の音が止まなかった。私は二人の客が、暗い川岸を歩いて帰るのを見送っている様な気がした。川の水の光っているのも見える様に思われた。そうして、私の姿は中中帰って来なかった。

東京日記　その十八

飛行機の査証の事で、急ぐ用事が出来たので、夜になってから麻布の大使館に出かけたところが、大使の家へ廻れとの事で、そちらの玄関に自動車を著《つ》けさした。

何日も降り続いている秋雨が、その晩は特にひどくて、窓を閉め切った自動車の中にいても、身体がどことなく濡れている様な気持がした。

日本風の雨戸の様になっている玄関の大きな戸が内側から開くと、思いがけもない広間が目の前にあって、薄暗い明かりが隅隅まで届いていなかった。艶めかしい図柄の大きな衝立《ついたて》が少しずつ食い違った様に三つも列《なら》べてある。その陰から紫色の荒い縞の著物《きもの》を著流して、紋附の羽織を著た変な男が出て来て、私に会釈した。日本人に違いないのだが、あんまり色が白いので、白粉《おしろい》をつけているのではないかと思われた。

「入らっしゃいまし、只今大使閣下がお見えになります、どうぞ」と女の様にやさしい声で云った。

こちらへと云って指ざしした時の手が、また吃驚《びっくり》する程白くて、手頸から先にお化粧しているらしかった。

応接間に通ると、向うの長椅子の上に大きなアンゴーラ猫が寝ている。猫は私の顔を見て起《た》ち上がり、その場でぶるぶるっと身体をふるった。

さっきの男は、猫のいる長椅子に身体をすりつける様にしながら、起ったままで、

「先生があちらへお出かけになるのですか」と馴れ馴れしい口を利いた。

「僕は行かないのです」

「私こんな所にいますので、日本の方にお目にかかるとなつかしい気が致しますよ」

いつの間にか私の椅子の後に廻って、椅子の靠《もた》れに手を掛けている。

雨の音が壁や窓硝子《ガラス》を通して、瀧の様に聞こえて来た。大使はいつまでたっても出て来ないので、帰り途《みち》の事が気になり出した。

ノックも聞こえなかったのに、いきなり入口の扉が開いて、もう一人別の日本人が這入《はい》って来たが、やっぱり荒い柄の著物を著て、紋附を羽織っている。顔も手も白くて、女の様な

感じがするのは前からいる男と少しも変わりがなかったが、そう云う目で見ると、今度の方がずっと綺麗で年も若い様であった。

二人は私を前において、何か丸で解らない言葉で話し合いを始めた。しかしその調子は相談をしているのではなく、云い争っているに違いなかった。

後から来た若い方が私に近づき、にっこり笑いかけてこう云った。

「御ゆっくりなすってもよろしいんでしょう、ね先生」

「いや僕は急ぐのです」

「でも、よろしいでしょう、お茶を入れてまいりましょう」

「大使はまだお手すきになりませんか」

「さあどうですか」

一寸《ちょっと》話し声が途絶えたと思ったら、その間にアンゴーラ猫の鼾《いびき》が聞こえ出した。

四君子

もやもやしていた夢が急にはっきりして来て、どこか底の方で大きな猫を踏み潰した様に思った。

猫が変な声をしたので、吃驚《びっくり》して目を覚ますと、往来に面した窓の外で、雨の音がざあざあしている中に、荒荒しい人声が入り乱れて聞こえた。

ばたんと扉を閉める音がして、自動車が走り去ったらしい。猫を潰した声だと思ったのは、その自動車が停まる時のきゅうと云う音であったと云う事が、寝ぼけていてもすぐ解った。

部屋が横揺れにぐらぐら動き出して、そこいらにある物がみんなひっくり返りそうに思われた。だれかが窓の格子につかまって、頻《しき》りにゆすぶっている。

「この窓は外れるんだろう」

「外れるんだよ」

「外してしまえ」

「ここから這入《はい》って行こうか。今晩は、今晩は」

段段はっきりして来て、表の声を思い出しそうな気がし出したが、しかしまだその向うにも聞き取れないい声がわいわい縺《もつ》れて、雨の中に幾人いるのか、それは解らなかった。

枕許《まくらもと》の時計を手に取って見ると、二時十五分前である。胸がどきどきしている。何事が起こったのか知らないが、あわててはいけないと思ったから、じっと寝たままで、無理に気を落ちつけていた。

木戸の方に廻って、お勝手の高窓をがたがた云わせている者もある。

家の者が起きて来て「何でしょう」と云った。

今度は玄関の硝子戸《ガラスど》を、どんどん敲《たた》き出した。

「今晩は」

「一寸《ちょっと》開けて下さい」

「先生」

往来の真ん中では、阿房声《あほうごえ》を張り上げて、「煙も見えず」と歌い出した。その声は小田急に違いない。小田急は去年の暮から青島に出張して、まだ帰って来ない筈《はず》である。私が寝ぼけているのではないかと思われた。

割りに尤《もっと》もらしい声をして、一寸開けてくれとか何とか云っているのは勧業銀行であるらしい。どこかで酔っ払って私を構いにやって来たと云う見当はついた。

起き出して行くのは業腹《ごうはら》だから、寝床の中で、外の気配をさぐる様な気持でいると、まだその外に鉄道省もいる様だし、不思議な事には新京に居る筈の満鉄の声も混じっている。

ことわって帰らせる様に家の者に云いつけて、寝床に側臥した儘《まま》、蒲団の襟から片耳だけ出して外の様子をうかがっていた。大雨の中をやって来たのは向うの勝手だけれど、こんな夜中に人の眠りを破って、怪《け》しからん連中だとにがにがしく考え、又蒲団の中でそう云う顔をしていたつもりであるが、腹の底では可笑《おか》しい様なところもある。

元をただせばこちらが悪いのであって、今から十何年前、私がまだ若い学校の教師であった当時、私の許にやって来る学生達の餓鬼大将になって、墓場の塔婆を抜き換えたり、よその家の門札を隣り同士打ち換えたりして、悪戯の点でも彼等の先生たるに恥じなかったつもりであるが、そう云う晩に、何かのきっかけで、だれかそこにいない者の事を思い出すと、夜中でも遠方でも構わずに、その家まで出かけて行って、どんどん窓を敲き、又は門の戸や柱をゆすぶる事を麾下《きか》の学生達に号令した覚えがある。

今、某大学の先生をしている杉君の家の憚《はばか》りの窓が、往来から手のとどく様な近くにあったので、その頃道端に沢山いた野良犬の仔を一匹つかまえて来て、窓の格子の間から憚りの中に押し込んだ。或《あるい》はその時格子の一本や二本は折ったかも知れないが、その事は記憶にない。

突然夜中に憚りの中で犬が泣き出したので、お母さんが胆を潰したと云う話を、十幾年も過ぎたついこないだ聞かされて、殆んど消えかかっていた昔の記憶を思い出した。多分その時は、向うでは余りひどい悪戯なので、いくらか憤慨したかも知れないが、又それを云い立てると却《かえ》って面白がって、何をやり出すか解らないと云う用心の為に、黙っていたとも思われるし、こちらはもともと悪気があってした事ではないから、そういつまで根に持って覚えているとも云う筈もないので、云われる迄は忘れていたのであろうと思われる。

その時分の学生が大きくなって偉くなって、鉄道省や勧業銀行や満鉄だの小田急だので劫《こう》を歴《へ》て威張っているのか、いじめられているのか知らないが、家に帰れば大きな子供もある。自分の歳を忘れて今時分、辺り近所の寝静まった往来で、胴間声《どうまごえ》を張り上げているのは、少少何処かで酒を飲んだ上にしろ、根が馬鹿である事を触れ廻している様なものだと、寝床の中で一通りはそう思ったけれど、考えて見れば、これらの四君子を私が引っ張り廻した当時は、私にだって大きな子供があったし、おまけに、そう云う事はしない筈の先生であった。それに比べると、雨中の君子は麾下の学生を連れていないだけ私よりもましだとも思われた。

十幾年前の演練を忘れずに、どうかした刺戟で私を思い出して、夜明の近い雨の中をやって来たのは教育の効果である。しかしその後私の身辺も変化して、今では窓外の四君子の外に同じ様な深夜の襲撃を企てる系統が三つもある。甘い顔を見せる時でないと考えたから、到頭寝たままで玄関に出なかった。

そんな筈ではなかったと思うのは君子の勘違いであって、今から又もう十何年たつと、矢っ張りその連中も夜渡りの門を敲く音を寝た儘で聞く様になるのであろうと、寝ながら考えていた。

東京日記　その十九

西の空の果てまで晴れ渡っているので、夕日が赤赤と辺りを照らしているのに、何となく物の影が曖昧で、道端の並樹も暗い様であった。

山王下の料亭に行くと、森の影が覆いかぶさっているので、もうすっかり夜であったが、それで却《かえ》って家の中は明かるく、障子《しょうじ》の紙も真白に輝いていたから、気持がはっきりした。

何十年も前に田舎の同じ学校を出た連中の同窓会なのだが、それが今晩初めての会合なので、みんながどんな顔をしているかと云う事を予《あらかじ》め想像して見ようとしても、捕まえどころがなかった。

私より先に来ていた者も二三人はあったけれど、いきなり部屋へ這入《はい》って挨拶はしても、お互にだれがだれだか、即座には解らなかった。

大体集まったところで、酒を飲み始めたが、少し酔が廻って来ると、却ってみんなの顔もはっきりする様な気持がした。

私の隣りに坐っている男は、昔の学校でも矢張り私の隣りの席に列《なら》んでいたのだが、それから後、一度も会った事もないし、手紙のやり取りもしなかった。

私は盃を指しながら聞いた。

「君の御商売は何だね」

「僕は君、実は泥坊《どろぼう》をやっているよ」

「泥坊はいいね、どう云う泥坊が専門なのかね」

「どう云うって、極く普通の泥坊さ。泥坊は普通のやつが正道だよ」

「そうすると、頬被りをして、尻を端折《はしよ》って、夜中に忍び込むのかい」

「そうそう、あれだよ、しかし服装は時代に従って昔とは多少違うけれどね」

「夜中に人の家の中へ這入って行ったら、面白い事があるだろうね」

「それはある、大有りだが、人前で話せない様な事ばっかりだよ」

その友達と頻《しき》りに盃のやり取りをして、愉快に話し合ったが、その友達から二三人先にいる男の事がどうもはっきりしない。顔も思い出したし、さっき私が後から来た時も、その男と久濶を叙べ合ったのだが、その男は東京に出て来て、農科大学に通っている内に、玉川上水におっこちて、死んだ筈《はず》である。しかし、さっきからみんなと静かに話し合っていて、別に変わった様子もない。

私は隣りの男に聞いて見た。

「おい泥坊よ」

「よせやい、そんな事を云っては困る」

「だって今そう云ったじゃないか」

「だからさ、本当なのだから、そんな事を云っては困る」

「それなら、何か外《ほか》の看板を出しておいたらいいではないか」

「それはちゃんと、やっているよ」

「そっちの方の商売は何だね」

「下谷《したや》で葬儀屋をやっている」

「本当かい」

「みんな本当だよ」

「それじゃ丸で縁故のない事もなさそうだが、そら、あの」と云って、その男から二三人先の男の事を話そうとすると、ひょいと向うからその男が顔を前に出した。

別に変わったところもないけれど、何だかこちらの気持がぴったりしない。その男は顔をのぞけた儘《まま》の姿勢で私共の方へにこにこと笑って見せて、顔を引込めたが、その後がどうも片附かない。

隣の男が陽気な声で私に云った。

「葬儀屋の縁故って何だい」

「だからさ、今のそらあの男は死んだのじゃなかったかね」

「そうだよ、玉川上水の土左衛門じゃないか」

「矢《や》っ張《ぱ》りそうだろう。それがどうしてやって来られるんだろう」

「あんな事を云ってるよ」

「何故」

「そんな事を云えば外の連中だって、おんなじじゃないか。僕等のクラスは不思議によく死んだからね」

「しかし、それは別だよ」

「別なもんか、まあいいや、酒を飲もう」

それから随分時間がたったが、賑やかに話しているのは、私のところだけで、外の席はお酒が廻る程、段段沈んで行く様であった。

桃　葉

四五人の客が落ち合って一緒にお膳をかこんだが、話しもはずまず時ばかりたつ様で、物足りない気持がした。

後からだれかもう一人来る様に思われたけれど、何人を待っていると云う事ははっきりしないなりで、みんなと途切れ勝ちの話しを続けていると、暫らくたってから、表で犬が吠えて、それから人の声が聞こえた。

「ああ僕です、いいんです」と云っているのが間近かに聞こえて、取次ぎより先に知らない男が這入《はい》って来た。

「やあ暫らく」と云って私の隣りに坐り込み、それからみんなに軽く会釈した。

「どうも途中で暇どってしまって」と云いながら、そこいらにあった盃を勝手に取って、酒を飲み出した。

何かして手を動かす度に、紺の様なにおいがした。しかしそう思って嗅ぎなおそうとすると、著古《きふる》した肌著《はだぎ》から出るらしい厭《いや》なにおいがして、合点が行かない。

私はその男に構わず、だれに話すともなく話しを続けた。

「机の一輪挿に挿しておいた桃の枝に赤い花が咲いて散ったから、枝を抜いて捨てようと思ったところが、青い葉っぱが出て来たので、まだその儘《まま》にしてある」

お客はみんな曖昧な顔をして、ふんふんと云う様な恰好をしているらしく思われたが、その中の一人が急に頓興な声をして、

「そりゃ、やめた方がいい。貴方はよく平気でいられますね」と云った。

「まあいいさ、それでどうしました」と別の客が私に話しの後を促したが、他の連中も急に耳を澄まして来た気配なので、話しに張り合いがついた様な気がして、

「それから毎日部屋へ這入る毎《ごと》に、気をつけて見ていると、初めは細い枝の肌の所所が、ささくれた様になって、小さな青い葉の尖《さき》が覗いていたが、二三日する内に一分ぐらいも伸びて来た様です」と云いかけたところが、今度は今、後から来たばかりの客が乗り出して、

「僕にもその記憶がありますが、貴方はそう云う事をされたのは、今度が初めてではない

でしょう」と云った。

「それは以前にもやった事があるかも知れないけれど、今度初めて気がついたのは、昨夜になって、その枝の肌に一所薄桃色の蕾の尖の様なものが出て来たので、目を近づけて見ると、動いているから驚きました。虫だろうと思うのですが、或《あるい》は又もう一度花が咲くかも知れない」

「そんな馬鹿な事があるものですか。貴方は気がつかないのですか」さっき頓興な声をした客が、もっと上ずった調子で云った。「虫だなどと思っていたら、どんな事になるか知れやしない」

「まあまあ」と後から来た客がそれを制して私に向かい、「それでは序《ついで》だからお話ししますが、貴方は忘れた様な顔をして居られるけれど、栗鼠《りす》の子を小さなボール函に入れて、音楽会へさげて行ったでしょう。栗鼠を売っていた小鳥屋の亭主がへまなものだから、ボール函へ移す時に取り逃がして、一《いっ》ぱいに日の照っているだだっ広い往来を栗鼠が走り、丁度そこへ来て停まった電車の下をくぐり抜けて、向う側の泥溝《どぶ》へ這い込むところを亭主があわてて捕まえた。それをその儘ボール函の中へ押し込めたのだから、弱っていたには違いないが」

傍で聞いているお客がいきり立って来た様な気配がした。中の一人はハンケチで額をこしこしと拭いた。

「そのボール函を椅子の下へ置いて、夕方までピアノの演奏を聴きながら、時時足許でかさかさと音がするのを気にも止めなかった。そうした挙げ句に帰りは人を誘って鰻屋へ上がり、酒を飲み過ぎてあばれたではないか。なぜそんな気持になったかと云う事を君は自分で隠している。女中の口から、栗鼠に水をやりましたが、只今俎《まないた》の上で死にましたと聞かされて、又も一あばれあばれたではないか。やっと家まで帰りついて、自分の部屋で机に顔を伏せて泣きながら、合い間合い間に一輪挿の桃の枝から、伸び切った葉っぱを一枚一枚千切っては、そこいらに散らかしたのは、何の為だ。二度目の蕾だの、薄桃色の虫だのと巫山戯《ふざけ》た事はいい加減にしろ、このインチキ野郎」

何だか真黒い拳を突き出したと思ったら、大変な音をさして、お膳を割ってしまった。急に気持がはっきりして、辺りを見極めようとすると、その男はもう玄関の方へ出たらしく、表で変な物音がして、犬が吠えながら、何処かへ走って行った。

坂

広い西洋室の真中に、私は見覚えのない男と卓子を隔てて対座していた。私もその男もフロックコートを著《き》ていた。そうして、頻《しき》りに何か待っていたらしい。卓子の上には何もなく、部屋も恐ろしく広いばかりで、辺りになんにも置いてなかった。白けた床の上を、時時影のようなものが動くけれど、何の形なのか解らなかった。

暫らくすると、色の白い、顔の無暗《むやみ》に大きな一人の少年が、黒檀を刳った盆に西洋料理を入れて持って来た。炙肉の様な牛肉の四角い切れと、赤茄子の煮たのとが、のっかっていた。そうして汁がだぶだぶに這入《はい》っていた。けれども、余りうまそうではなかった。

「これが今日の六番だね」と私の前にいる男が云った。そうして自分の手に受取って色色に眺めたり、においを嗅いだり、指で摘まんだり押えたりしている内に、牛肉と赤茄子を食べてしまって、汁もべろべろと飲み干した。そうして、衣嚢《ポケット》から青い手巾《ハンカチ》を取り出して、口の辺りを拭いてしまって、私を促すように起《た》ち上がった。

「それでは、そろそろ出かけましょう」とその男が云った。落ちつきのある上品な声だった。私も起ち上がって、その男の後から部屋を出た。さっきの少年が先にたって、扉を開けて、丁寧にお辞儀をした。

外は広広とした道で、両側に高い石垣があった。そうして樹は一本も生えていなかった。黄色い日が一面に照り渡って、道も石垣もふやけた様な色をしていた。私と相手の男との外《ほか》には何人もいなかった。空には鳥も飛んでいなかった。すると間もなく道が下り坂になって、坂は遥か向うの方まで続いていた。そうして、その坂を下り切ったところに、小さな人が二人、向うを向いて蹲踞《しゃが》んでいるのが見えた。私は相手の男と並んで歩きながら、これから行く先の事が気にかかり出した。恐ろしく立派な宴会があって、二人ともそれに招待せられているらしいけれど、何のために呼ばれたんだか、よく解らなかった。そうして宴会の前に、何か六《む》ずかしい相談か会議かがあるらしくて、それが非常に心配だった。相手の男は私を案内する様でもあり、一緒に行くのをうるさがっている風にも見えた。兎に角その男の何となく沈んだ様子をしているのが目立って来た。

その内に、道が坂にかかって、私達二人はその坂をだらだらと下りて行った。そんなに急な坂でもないのに、足許が妙にふらふらして歩きにくかった。そうして道幅が無暗に広いから淋しくて恐ろしかった。辺りに何の物音も聞こえなかった。両側の石垣の上に黄色く日が照り映えて、坂を下りるに従い、次第に石垣の深くなるのが心細かった。

坂の下まで降り著《つ》いたら、さっき上から見た時にいた男が、二人ともそこにはいなかった。そうして私が、やっと坂を下りたと思って向うを見たら、今私達の立っている直ぐ前が、またさっきの通りな、だらだらの下り坂になっていた。そうして、その坂を下り切ったところの遥か下の方に、小さな男が二人蹲踞んでいるのが、はっきりと見えた。私は不思議な気持がして、辺りを見廻したけれど、道連れも黙って坂の下を見下ろしているばかりだった。

それから、私達はまたその坂を下りて行った。両側の石垣が段段高くなって来た。黄色い日が石垣の底のような坂道に射し込んで、踏めばふわふわとへこむ様な色をしていた。その上を私達の影が二つ長く縺《もつ》れて、音もなく降りて行った。そうしてその坂の下まで降りて見たら、さっき上から見た時にいた小さな男が、また二人ともいなくなってしまって、おまけに私達の歩いている直ぐ前が、さっきの通りの、同じ様なだらだら坂になっていた。

それから、私達がその坂の下まで来ると、そこから先は平らな道だと思った所が、又だらだらの下り坂になっていて、小さな男はその下に二人並んで蹲踞んでいる。どこまで下りても同じ事だった。道連れの男は、始め見た時よりも非常に窶《やつ》れた様子になって、顔が長くなり、皺が出来て、色光沢がなくなってしまった。そうして喘息病みの様な呼吸をしながら、無暗にせかせかして坂を下りて行った。私もそれに連れられて、呼吸を切らして坂を下った。石垣は愈《いよいよ》高くなって来て、両側の頂が、黄色い空に喰い込んでいた。しかし私達の降り切った坂の下には、又同じ様な坂が出来て、いつ迄たっても尽きなかった。坂の下に小さな男の蹲踞んでいるのも同じ事だった。

私達は夢中になって、いくつもいくつも坂を駈《か》け下りた。その内に私は何時でも坂の下に蹲踞んでいる二人の後姿に何となく見覚えのあるような気がし出した。すると丁度私達が、また何番目かの新らしい坂を下りかけた時、その下の二人が、急にうしろを振り返るような様子をした。私は恐ろしくなって、道連れの男の顔を見たら、道連れはばさばさに干いた真青な顔になって、今にも私の方に倒れかかりそうにした。そうして口の中で、何だか解らない事をぶつぶつ云ったと思ったら、苦しそうな様子をして、汚いものを坂の上に吐いた。その途端に、坂の下にいた一人の方が、あわてたように坂を上って来だした。その恰好が、まるで獣の這っている様だった。私は坂の中途に立ちすくんだ儘《まま》、前にも後にも動けなくなった。

坂の夢

小石川の大学病院分院の前から音羽通《おとわどおり》に降りる広い坂を、少し勢いをつけて走ってから、そっと足を上げると、地面とすれすれに宙に浮いた儘《まま》、すうと空中をすべる事が出来る。身体の曲げ加減でいくらか舵を取る事も出来る。身体にあたる風をそらして、飛行機のサイドスリップの様な飛び方をすると、何とも云われぬいい気持がする。そうして下まで降りたら又地面を馳《か》け上がって、同じ様に宙を飛ぶ稽古をする。空中に浮いた儘、下から坂上に昇る事は六《む》ずかしい。昔に、その辺りに居たので場所には馴染がある。眠ってから何度でもこの練習をするので、十年ぐらい前から見ると、この頃は大分上手になった様である。

東京日記　その七

市ケ谷の暗闇坂を上った横町から、四谷塩町《よつやしおちょう》の通へ出ようと思って歩いて行くと、道端の家に釣るしてあった夏祭の提燈が一つ道に落ちて、往来を転がった。

暑い日盛りで、地面からいきれが昇って来たが、通り路の家はみんな表の戸を締め切っていた。軒毎《のきごと》に釣るした提燈は、濡れた様になって、じっと下がっているのに、今落ちた提燈はそこいらをころころと転がって、いつまでも止まらない。その方に気を取られて五足六足うっかり歩いた時、急に向うで物凄い気配がした様に思われたので、目を上げて見ると、今歩いている横町が四谷の大通に出る真正面を、赤や青や黒や黄色やいろんな色がごたごたに重なって、それが非常に速い筋になって、新宿の方角から四谷見附の方へ矢の様に流れて行った。

何の物音とも解らないけれど、辺りがさあさあ鳴っているから、その色色の筋から出る響きであろうと思われた。筋の高さは人の脊丈《せたけ》よりも高く、厚味があって向う側の家並みを遮《さえぎ》っていた。

あんまり速いので、見ているだけでこちらの息が止まりそうであったが、その時に、しゅっと云う様な音がして、一番仕舞いの端が通り過ぎた。

又提燈の垂れている間を通って、大通に出て見たけれど、電車はのろのろと走って居り、自動車は信号の所に溜まって、昨夜からそうしている様に静まり返っていた。

床屋に這入《はい》って頭を刈らしながら、聞いて見ると、職人はそんな物は見なかったと云った。

「しかし、たった今だよ」

「気がつきませんでした」

「ひどい勢いでこの角を通り過ぎたじゃないか」

「何でしょうね」

そう云って受け答えはしているけれど、大して気に止めている風はなかった。

あんまりいつまでも一つ所ばかり刈っているものだから、睡くなって、うつらうつらしていると、それからどの位たったか知らないが、不意に胸先がざわつく様な気がして目を覚ましたら、私の向かっている鏡の中を、さっきの様な色色の筋が、非常な速さで斜に走って行くのが見えた。

はっとして腰を浮かせたが、職人が落ちついた声で、手を止めずにこんな事を云った。

「今年は本祭なので、大変な騒ぎですよ」

「今通ったのは何だろう」

「暑いのに御苦労な話でさあ」

さあさあと云う風の吹く様な音が表で聞こえる様に思われた。

鏡の中を流れていた筋は、さっき横町で見た時の通りに、一番仕舞の尻尾が飛ぶ様に行ってしまうと、それで後は何もなくなった。

夏祭のお神輿《みこし》を舁《かつ》いだ行列が、そんな風に見えたのだと云う事は解りかけたが、何故あんなに速く走るのか合点が行かない。

東京日記　その三

永年三井の運転手をしていた男が、今はやめて食堂のおやじになっている。私がしょっちゅうその店へ行くので、色色昔の自動車の話をしてくれたが、その男の免許番号は十位の数字の十何番とか云うのだそうで、えらいものだと私は感心した。

そのおやじがちゃんと二重釦《ボタン》の洋服を著《き》て、老運転手の威厳を示しながら、私を迎えに来てくれたので、出て見ると表に古風な自動車が待っていた。

中は普通の座席でなく、肱《ひじ》掛《か》けのついた廻転椅子が一脚置いてあるきりなので、車室の中が広広としていたが、腰を掛けて見ると、目の高さが違うので、窓から眺める外の景色が少し勝手が違う様に思われた。

いつの間にか動き出して、街の混雑の中を何の滞りもなく、水の流れる様に走って行った。

四谷見附の信号で停まった時、私の自動車の片側に、幌《ほろ》を取り去った緑色のオープンの自動車が停まっていたが、だれも人が乗っていなかったと思うのに、信号が青になると同時に、私の車と並んで走り出した。

交叉点を越す時分には私の車より少し先に出ていたが、矢《や》っ張《ぱ》りだれも人は乗っていなかった。しかし前を行く自転車を避けたり、向うの先を横切っている荷車の為に速力をゆるめたりする加減は申し分なくうまく行っている様であった。

それで麴町四丁目まで来ると、又赤信号になったので、私の車が水の中を沈んで行く様な気持で静かに停まると、左側には人の乗っていない自動車が並んで停まっていた。一寸《ちよつと》見たところでは、ずっと前から道端に乗り捨ててある様な静かな姿をしていたが、向うの信号に青が出ると同時に又私の車よりも一足先に走り出した。

それから半蔵門を左に曲がり、靖国神社の横から九段坂を下りて、神田の大通に出たが、道を歩いている人人も、信号所の交通巡査も、人の乗っていない自動車が走って行くのを見て、別に不思議に思っている様子もなかった。私の自動車がその空っぽの自動車を追っかけているのか、向うが私の自動車から離れない様にしているのか、そうして道連れになった儘《まま》、どこまでも走って行って両国橋を渡ったが、その時分から少しずつ、私の車が遅れ出した様であった。

私の運転手は初めに乗り込んだ時の儘の同じ姿勢で向うを向いている。広い肩幅を一《いっ》ぱいに張って、顔を横にも振らない。

錦糸堀の近くまで来た時、急に私の車が横町に急旋回したので、私は肱掛椅子から腰が浮いて、危く前にのめる所だった。その時私の車から少し離れた前方を走っている緑色の車の後姿が見えたが、何だか車輪と地面との間に、向うの屋根の低い工場の様な物が見えたらしいので、人の乗っていない自動車は少し浮き上がっているのではないかと思われた。

東京日記　その十四

植物園裏の小石川原町の通を、夜十一時過ぎになると裸馬が走って、植物園の生垣の破れ目から、中の茂みに隠れ込むと云う話が、遠くの人にはただの噂として聞こえたかも知れないけれど、私共の様にすぐその傍にいる者に取っては、馬鹿馬鹿しいと云ってはすまされない。しかもそれは毎晩の事であって、お湯から遅く帰って来た近所のお神さんが丁度その横町へ曲がった拍子に、生垣の向うへ飛び込んだ馬の尻尾を見たとか、すぐ傍の聾唖学校の上級生が夜歩きをして帰って来る時、その馬とまともにぶつかって、もう少しで蹴飛ばされるところであったとか、毎日そんな新らしい話が伝わるので、仕舞には少し夜が更《ふ》けると、だれも外へ出る者がなかった。

その内に昼間でも人通りが途絶えた時には馬が出ていると云う噂が伝わった。まさかと思って、うっかり歩いている鼻先を馬に馳《か》け抜けられたと云う様な話もあって、段段近辺が物騒になって来た。

丁度そんな話のあった最中に私は氷川下へ出る用事があって、風の吹く日の午後、生垣の道を歩いて行くと、何町も先まで真直い道に人の影もなかったが、ずっと先の道の真中に、新聞紙を丸めた位の大きな紙屑が落ちていて、それがあっちへ転がったりこっちへ転がったりするのが、遠くからありありと見えた。

強い風が吹いて来て、地面から砂埃を巻き上げた。その形が丸木舟の舳先《へさき》の様になって、次第に大きくなり、仕舞に龍頭鷁首《りゅうとうげきしゅ》の頭の様なものが、きりきり舞いながら、生垣に沿って走って行った。

電燈会社の集金人が生垣の前で殺されていると云う騒ぎのあったのは、それから間もない日の午後であって、棍棒の様な物で頭を擲《なぐ》られたのであろうと云う話であった。八百何十円とか這入《はい》っている鞄《かばん》を首から懸けていたが、それを持って行かれたらしい。集金人の倒れかかった所の生垣が生生しく荒れているので、その前を通るのは余りいい気持ではなかった。

私の家の並びに、老婦人と大学へ行っている息子だけの無人な家があって、いつも門が締め切ってあったが、二三日後の宵の口に、その家の中から悲鳴が聞こえたので、近所の人人が出かけて行ったけれど、門は閉まっているし、だれもそれを無理に開けて中へ這入ろうとする者はなかった。私も遅れ馳《ば》せに馳けつけて、暫らく門前に起《た》っていたが、間もなく悲鳴が止んで、内側の門を開ける音がした。

老婦人がそこに起っている人人に向かって、あの馬が飛び込んで来て、家の中を馳け抜けて行ったが、たった今この塀を飛び越して行かなかったかと聞いていた。

百鬼園日記帖　十七（大正六年九月二十四日の二）

知らない横町には神秘がある。道を行ってふと通った事のない横町を見た時は、其《その》横町に神秘がある様な気がする。電車の窓から瞬く間に過ぎ去る知らない横町を見た折、ある時私は其横町に雨上がりの傘をさしている女を水に浮かんでいるものの様に思った。その女は人間ではない様に思える。

横町の葬式

二十年許《ばか》り昔、小石川の高田老松町《おいまつちょう》にいた当時の家は、家の横腹が狭い横町の通に面して、入口の門は浅い露地に向かって居り、その突き当りに又一軒門構えの汚い家があった。

初めにその狭い通の東側にある三階建の下宿屋からお葬《とむら》いが出て、次には西側のもっと私の家に近い家からお葬いが出た。暫らくすると今度は又東側に渡って、私の家の横腹を表として云えば筋向いに当たる家からもお葬いが出た。家の向きが通からそれているので、向う三軒両隣りと云う数え方は出来にくいが、近いと云う点では、その家は向う三軒の内に這入《はい》っている。この横町では随分人が死に出したと気にしていると、間もなく又西側の、つまり私の家のある側の一軒おいた隣りからお葬いが出た。最初の下宿屋から云うと、私の家を中心にして反対の方になるので、死神がその狭い通を、私の家を避けてあっちこっちに渡り歩いている様でもあり、また私の家を目がけて段段に廻りを狭めて来る様な気もした。

私は三十前の、死ぬと云う事が非常に気になる年頃ではあり、おまけに当時はまだ私の祖母が生きていて、随分の歳であったから、今にも御百歳と云う事にならぬかと云う事をしょっちゅう心配していたので、そんなに続け様に近所からお葬いが出る様では、この儘ここの家にいるわけに行かないと考えた。

到頭《とうとう》仕舞に私の家の入口になっている露地の奥の門構えの家からお葬いが出た時には、顔の色が変わる様な気がした。

それから間もなく私の家は同じ町内の違った番地へ引越したが、そこで祖母がなくなったので、遅ればせに以前の家の御近所へのつき合いをすませた様な事になった。

東京日記　その十七

神田の須田町は区画整理の後、道幅が広くなりすぎて、夜遅くなど歩道を向う側へ渡ろうとすると曠野を歩いている様な気がする。

それだから、成《な》る可《べ》く終電車にならぬ内に帰ろうとしたのだが、矢《や》っ張《ぱ》り遅くなって、宵の口から急に冷たくなった空っ風に吹かれながら、九段方面へ行く市電の安全地帯に起《た》って待っていたけれど、中中電車は来なかった。もう時間を過ぎているので、流しの自動車も通らず、道を歩いている人は一人もなかった。

風が強くなって、鋪道の隅隅にたまっている砂塵を吹き上げ、薄暗い町角を生き物の様に走って行った。

その内に風の工合で、裏道の方から砂埃を持ち出して来る様で、そこいらの広《ひろ》っ場《ぱ》一面が濛濛《もうもう》と煙り立ち、向う側の街燈の光が赤茶けた色に変わって来た。

寒いので身ぶるいしながら、安全地帯の上に足踏みをして、ぐるりと一廻りした時、町裏になった広瀬中佐の銅像のある辺りから、一群の狼が出て来て、向う側の歩道と車道の境目を伝いながら、静かに九段の方へ走って行った。

狼である事は一目で解ったが、別に恐ろしい気持もしなかったので、ただ気づかれない様にと思って身動きもせずに眺めていると、薄暗い町角を吹き過ぎる砂風の中から、次ぎ次ぎに後の狼が現われて来て、先頭はもう淡路町《あわじちよう》の停留場の方へ行っているらしい。

そうして足音もなく、多少疲れた様な足取りで、とっとと全体が揺れながら、何処へ行くのであろう。私は終電車の事は忘れて、狼に気を取られながら、一心に眺めていると、辺りが明かるくなって、車掌が昇降口から顔を出した。

「乗るんじゃないんですか、お早くお早く」と云った。

峯の狼

前稿に薄著《うすぎ》の事を書いたら風を引いた。私は持病があってしょっちゅう引籠もる事が多いが風はめったに引かない。それは薄著のお蔭だと思っている。薄著をしてもふだんは自分は薄著だと云う事を考えてはいない。その事をうっかり文章に書いたので寒いと云う事に気がつき、その隙に風がつけ込んだのであろう。一つには近頃おなかの底にせいがなく、骨のつぎ目がぎしぎしきしむ様な気持がしていた。自分の身体の中身には、ぱさぱさに乾いた高野《こうや》豆腐を詰めて歩いている様でもあった。高野豆腐の穴を寒い風が吹き抜ける。早く湿り気を与えて温めておかないと風を引くと思っている内に風を引いた。

郵船の部屋で人と話している時、寒くて堪まらなくなった。話し中に失礼して外套を著《き》た。今日はこんなに寒いのかと尋ねると、客はそれ程でもないと云った。それでは風を引くのだろうと思ったが、しかし他人事《ひとごと》の様に考えた。少し早目に切り上げて、まだ明かるい内に外へ出ると、夕風が筋になって吹いている。一筋一筋がはっきり解る様に身に沁《し》みた。

家に帰って検《しら》べて見た。少し熱がある。矢っ張《やっぱ》り風を引いたのである。床に就いてうとうとしたと思うと全身が火の玉の様になった。夜半近くお医者様が来て痛い注射をした。それから二三日高熱が続き忽《たちま》ち家人にも伝遷した。頭に氷ぶくろを載せて寝ながら考えて見るに、いきなり熱の出る工合やすぐ傍の者が感染する所なぞ大正五六年頃から二三回に亙って流行した西班牙風《スペイン》そっくりである。

西班牙風はインフルエンザである。高熱を出してすぐ肺炎を起こし面白い程人が死んだ。私もその時の死に損ねの内である。世界的流行病《パンデミィ》であって勿論《もちろん》日本全国に彌漫《びまん》した。大阪の人が東京の客をつかまえて、東京の人が死ぬ死ぬと云うけれど大阪の方がもっと死んでいる。今朝の新聞は朝日も毎日も裏一面の死亡広告で、それで足りないからこっちの頁にもこんなに出ている。いくら東京でもこれ程は死ねないだろうと云って自慢したそうである。

焼き場は大繁昌で御坊《おんぼう》は天手古舞《てんてこまい》をした。焼いても焼いても後から持ち込んで来る棺桶を始末する事が出来ない。火屋の外の野天に積み重ねておくと山犬だか狼だかがやってきてひっくり返して悪い事をする。嘘か本当かそんな話があったのは落合の火葬場であって、その当時の住いから云うと私などもまかり間違えばそこの御厄介になる筈《はず》であった。東京に近い町外れに狼や山犬がいるかいないか知らないが、人人の不安な気持の中に這い出して来るそう云うけだものを追っ払う事は中中六《む》ずかしい。

子供の時に聞いた話に、狼は夜中に人家のまわりに近づいて小便壺の小便を飲んでしまう。小便壺が空っぽになっていたら用心しなければあぶない。狼と云うものは何処にでも隠れる。禿げ山の峰に枯れた萱《かや》が一本立っていれば狼はその萱の茎に身を隠す。

ふだん馴れない熱に浮かされて、額の氷が時時小さく崩れる音を聞きながらそんな事を考え続ける。狼が峰に馳《か》け登って萱の陰にかくれたら、その上から腰を掛けてやろうか。ゴヤの絵の写真版にあった大入道は山に腰を下ろして片肘をつき、振り返って残月を眺めていた。今の小《こ》さんの二人旅に出て来る茄子は倉よりも大きく山よりもまだ大きい。闇の晩に蔕《へた》をつけた位だそうである。

何日目かに熱が下がってなおった。起きて見ると別に昔風の西班牙風でもなかった様である。世間の人はだれも寝ていないので、結局私だけの不養生であったらしい。一週間余りたった午後、暫らく振りに表へ出て桜田門の外を通った。一寸《ちょっと》寝ていた間に柳の枝が青くなっている。

風の神

風がはやるから、お呪《まじな》いをすると祖母が云い出して、提燈をともして、裏の物置から、桟《さん》俵《だわら》を持って来た。

その上に、沢庵の尻尾をのっけて、祖母と母と私とが一口ずつ噛《かじ》り、歯形の痕《あと》に、各三度ずつ、はあ、はあと息を吹きかけると、それで、風の神が乗り移るのである。そのさんだらぼっちを持って、私が裏の川に流しに行かなければならない。高等学校の生徒だった当時だから、もう怖くはないけれど、それでも田舎の夜は暗くて、風が吹いている。田圃《たんぼ》の中に細長く伸びた一筋街の灯は大方消えて、薄白い道が両側の暗い軒の下を水のように走っていた。

私は沢庵の尻尾をのっけたさんだらぼっちを持って、横町を曲った。急に向きの変った冷たい風が頸筋《くびすじ》を走った。向うの真暗な田圃の上に、ところどころ薄明かるいところがあるような気がする。私は急いで横町を通り抜けた。家並の断えたところから、道が下り坂になって、すぐその下が橋になり川が流れている。川幅は一間ぐらいしかないけれども、川下に大きな水車があって、水を引くために堰がしてあるので流れも緩く、川幅一《いっ》ぱいに水を湛《たた》えていた。

私は、橋の袂《たもと》から暗い石段を踏んで、川岸に下りて行った。そうして、水際にしゃがんで、さんだらぼっちを流れに浮かした。水の面《おもて》が白く光って、川下の方は何となく浮き上がっている様に見えた。川上は、川が町裏を真直ぐに流れているので、先が細く見えるくらいまで遠く、白い光が伸びていた。橋の下を吹き抜けてくる風が、私の裾を吹き上げた。

さんだらぼっちは、流れがゆるいのと、水面を渡る風が、時時、岸の方に吹きつける為に、いつまで経っても、私の前を離れなかった。私が、それを沖の方へ送り出そうとして、手で水を掻いたら、水が鳴った。冷たい音が、しんとした辺りに伝わって、すぐに消えた。すると私は、急に、暗闇の中にしゃがんでいるのが恐ろしくなった。急いで起《た》ち上がって、帰ろうとする途端に、橋の下のあたりで、微かに水の鳴る音がした。一寸《ちよつと》耳をすますと、すぐにその音は消えたけれど、帰ろうと思うと、また続いた。小さな棒切れか何かで、水を掻き廻しているようでもあり、お米を磨ぐ音のようでもあった。私は、ぞっとして、橋の下を覗いて見たけれど、白光りのする水が橋の影をうつした所だけ暗くなっていた。橋本の石で切られた水の波紋が、暗い陰をきらきらしながら流れている外《ほか》には、なんにも見えなかった。さんだらぼっちが少しばかり沖に出て、黒い影をひたしながら、静かに流れて行くのを見届けて、私は家に帰った。

橋の下で水音が聞こえた話をしたら、祖母は顔色を変えて云った。風の神様を流したら、後を見ずに、直ぐ帰ればいいものを、あすこの橋の下には、小豆洗《あずきあら》いの狸がいるそうだから、それが出て来たのだろう。後をつけられたら、どうします。早く寝なさい。

寝入ってから、暫らくすると、祖母に起こされた。風が強くなって、表の往来に面した八畳の間の格子戸《こうしど》が、がたがたと音をたてていた。祖母は、寝ぼけた私に向かって、こう云うのである。もう帰ったかな。まだそこいらにいるか知ら。お前が寝てから、暫らくすると、足音もせぬのに、だれか表に来たようだと思ったら、いきなり、格子をどんどんと叩いて「栄さん、栄さん」と二声お前を呼んだ。聞いたこともない声だから、あれはきっと小豆洗いの狸にちがいない。お前をつれに来たのだろう。だまって、返事もせずに、胸のうちで観音様をおがんでいたら、それきり声がやんだ。夜遅くなって、川ぶちにしゃがんでいるから、そんなものに馬鹿にされる。これからは、気をおつけなさい。

「だって、お祖母さんが、風の神を送りに行けと云ったじゃありませんか」と私が云った。

「それはそうだけれども。本当にこの子は学校に行って、小理窟ばかり云う」と祖母が云った。

裏川　小豆洗い

私の生家は、私が中学を卒業する前に貧乏して、造り酒屋の店を閉めた。その後、町内のすぐ近所の借家に移って、祖母と母と三人で暮らしていた事がある。何となく薄暗い家で、面白くなかった。

その家には裏庭も空き地もないのに雞《にわとり》を飼った。普通のありふれた雞ではない。今ではすっかり普及して珍らしくもないが、その時分はあまりいなかった伊太利原産の単冠白色レグホーンである。純粋種の証明書のついた一番《ひとつがい》を東京の豊岡町種禽場から取り寄せた。百日雛で八円五十銭であった。

受け取って見たら、百日雛の筈なのに、雄は相当の老雞であった。一雄一雌の一番《ひとつがい》では雌は堪《たま》らないだろう。忽《たちま》ち背中の羽根がすり切れてしまって、そこの所が赤裸になった。

しかしわざわざ東京から取り寄せた純粋種だから、外の雞との交配はさせなかった。その内にその卵をかえし、雛が大きくなると又その卵をかえし、大分数がふえて来た。そうして皆間違いのない純粋種ばかりである。

ところが、どうも面白くない事が始まった様で、雞の足の指の爪がなくなっている。気がついて見ると、爪ばかりでなく、指も先から磨《す》り切れた様に短かくなっている。

近親結婚の結果、変な事になったのだろう。爪だとか指だとか、目に見える事ばかりでなく、雞の内部にも変な事が起こっているかも知れない。遠慮なく、ずかずか座敷の畳の上に上がって来出した。

雨の日など、辺りが薄暗い時は特に畳の上に来たがる。

その内に梯子段を登り出した。梯子段のいい加減の所で、腹を板につけて、目を白くして寝ている。

二階で勉強していて、降りて来ようとすると、段段の一番上まで雞が上がっていて、人が出て来たのに驚き、カカカと鳴いて飛び立つので、こちらの足許《あしもと》があぶない。

薄暗い日に、梯子段の中程にいた雌が、両脚を突っ張って起《た》ち上がり、羽ばたきする様な恰好をしたと思うと、はっきり、こけっこうとときをつくった。

頭から水をかぶった様な気がした。

牝鶏之晨《ひんけいのしん》。めんどりが晨《あした》を告げる。

書物で見た事はあるが、現に今、目の前で雌雞が鳴いた。

恐ろしくなって、何羽かいたレグホーン全部を雞屋へやってしまった。

その借家の事を思うと、すぐにときをつくった雌雞を思い出す。雞はこの「裏川」の稿に関係はないのだが、つい話がそれた。

その借家にいた時、大変風邪がはやったので、祖母がおまじないをした。

桟俵《さんだら》ぼっちに沢庵の尻尾を載せ、祖母も母も私も、みんなでその沢庵を一口かじって息を吹き掛け、そうして何か一言云う。何と云ったのか忘れたが、それでその桟俵ぼっちを川へ流しに行く。

私の家の隣りは救世軍の荒物屋で、おやじさんは救世軍の軍曹であった。その荒物屋について曲がる横町は御後園の裏門に通ずる道で、家の切れた所をお市さんが落ちたり、犬飼巡査の家の女の子がお尻を洗われたりした裏川が流れている。

裏川に石橋が架かっている。石橋のこっち側の袂《たもと》から川の岸へ降りられる様になっていて、そこでよく百姓が小判なりの桶に足を入れ、靴を穿いた様な恰好で水の中に這入《はい》って泥のついた大根を洗っている。

栈俵《さんだら》に載せた風邪の神を流しに行ったのは夜で、荒物屋の角を曲がってからは、だれにも人に会わなかった。石橋のこっち側から暗い足許に気をつけながら川縁へ降りて行った。川のおもてには水明かりがあるが、その向うの御後園裏の畑一面は大きな闇で、闇の際限はわからない。

私は水ぎわにしゃがんで栈俵を川水に浮かべ、手で沖の方へ押しやる様にした。石橋の下は水明かりが射さないから真っ暗で、時時かすかに水のせぎる音がする。水の音かと思うと、それとは別に何かしゃりしゃりと云う様な音が聞こえる。何しろ辺りは大変な闇で、こんな大きな闇の底にこうして一人でいるのは息苦しい様な気がする。

家に帰って、明かりのともっている座敷に上がったら、締まった身体がゆるんで来る様であった。

橋の下で何だか、しゃりしゃり音がしたと云うと、祖母が聞き耳を立てた。祖母は非常に物恐れをする。それは小豆洗《あずきあら》いの狸に違いない。わるさをされなくてよかった。矢張《やは》り夜さびしい所へ行くものではない。

私が寝た後、まだ起きていたのだろう。翌《あ》くる日になって祖母が云うには、昨夜お前が寝てから間もなく、狸が呼びに来たらしい。そこの格子の外から、小さな声で「栄さん、栄さん」と云った。

もう行ったかと思うと、暫らくしてからまた「栄さん、栄さん」と云った。

心経

私の郷里は備前岡山であって、あの辺りにはどう云うわけだか所謂《いわゆる》新興宗教がいくつも出来ている。黒住《くろずみ》教もその一つなのだが、初めは矢張《やは》り色色の迫害を受けたものと見えて、黒住教の説教を嘲笑した五色の歌が口碑に伝わっている。

黒住が赤い顔して黄な声
　青い説教聴くがしろうと

又黒住教では「お道」と云う事を云ったのであろうと思う。こんな歌もある。

黒住は土用蚯蚓《みみず》にさも似たり
　お道で死んで蟻がたからう（難有《ありがた》からう）

そう云う事を云われながらも段段にひろまって来て、私の家の兼と云う倉男も黒住教に凝っていた。私の家は造り酒屋をしていたので、倉男や店の者が大勢いたが、その中で兼は一番声がいいので、仕込みの時の酴掬歌《もとずりうた》や餅搗歌《もちつき》の音頭をとり、水神祭の宴席などでは、自分はお酒を飲まないのに、独りで浮かれて歌を歌っていた。兼は文字と云うものを知らないから、自分の名前を書く事も出来なかったが、どこで覚えたかお祓除《はらい》をすっかり暗記していて、何かあると大きな手でぽんぽんと柏手《かしわで》を打ちながら高天原《たかまがはら》に神とどまりと大声でおがみ立てた。

私は子供の時によく病気をして、寒くなると一冬のうちに何度も喘息のように呼吸が苦しくなったり、熱を出したりした。すると兼が私の病床の傍に来て、うつらうつらしている枕許で大きな声を張り上げて、黒住様をおがんでくれた。それから、これは黒住教でやる事なのか、それとも又外のお宗旨の仕来り《しきた》を兼が真似たのか私には解らないが、一仕切り祝詞《のりと》を唱え終わった時、その一番しまいの一声を咽喉の奥へ吸い込む様な事をする。口の中をうつろに開けて、ほうっと云う音をさせて息を吸うのである。そうしておいて口をつぶり、寝ている私の上に顔をのぞけて、ぷうっ、ぷうっ、ぷうっと三度私の顔や胸に息を吹き掛けた。熱気のある時など、その拍子にぞっとする事もあってその御祈禱は余り好きではなかった。

それから、私の町の裏に空川があって、その向うに大きな藪があった。藪の中の一軒家に住んでいる山川さんと云う痩せた脊《せ》の高い老人は、士族の成れの果てなのだそうだが、私が余り苦しがる夜は、店の者を走らせて、山川さんを迎えて来る事がある。山川さんは羽織を著《き》て私の枕頭に坐り、あまり口を利かないで、懐からよごれた紫の袱紗《ふくさ》を取り出し、恭《うやうや》しくひろげて、中から三寸ぐらいの小刀をつまみ出す。お箸よりも短いその小刀の鞘と欛《つか》を物物しく両手で摑んで目の高さに捧げ、何か口のうちで云うらしいのだけれども、それは解らない。そうしてその唱え事がおしまいになると、矢張り最後の一言を口の中に吸い込む様な事をする。その時捧げている小刀を一寸ばかり抜いて、そこへぷうと息を吹きかけた拍子に、ぱちっと鞘の中にしまって、それでお仕舞なのである。又恭しく紫の袱紗に包み、懐に入れて帰ってしまう。兼の様に人の顔へ息を吹き掛けるのでないから、寒くはないが、懐に小刀の袱紗を入れた山川さんが、だまって真暗な大藪の中の一軒家に帰って行く事を考えると、布団にくるまっている私の身体までが寒くなりそうで、その御祈禱もあんまりいい気持ではなかった。

そんな事は有り難く思わなかったが、祖母がいつまでも足や腰や背中をさすってくれながら、般若心経を繰り返し繰り返し唱えているのを聞くのはいい気持であった。そうすると私はその声を聞きながらうつらうつらうつら眠るのであった。暫らくして又目がさめると、祖母は矢っ張りおんなじ声で「むむ妙薬むむ明神」（無《む》無明《むみょう》。亦《やく》無《む》無明尽《むみょうじん》。）と云っている。子供の時の判断で、私はそう云っているのであろうと思った。そのすぐ先には「般若波羅蜜多、腰剝け毛剝け」（依般若波羅蜜多故《はんにゃはらみったこ》。心無《しんむ》罣礙《けいげ》。無《む》罣《け》礙故。）と云うところもある。気分の軽い時には祖母のお経に寝ながら口のうちでついて行く様な気持になったりした。それでいつの間にか、うろ覚えに、私もそのお経を覚えた様である。

それは今から四十年も昔の事である。つい先月寄贈を受けた「大法輪」を何の気もなしに開けて見たら、般若心経の講話が載っていたので、冒頭に掲げられたお経の文句を読んで昔をなつかしく思い、又もう十何年前になくなった祖母のお経を読む声をありありと思い出した。

百鬼園日記帖　七十九（大正七年八月十二日）

八月十二日午後

岡山の中橋を京橋の方へ渡った直ぐ左の袂《たもと》に稲荷様があった。今でもあるかどうだか覚えていない。その稲荷様の前を通って南の方へ行く道の右側は御茶屋がずうっと向うの端迄続いていて、左側は暗い磧《かわら》であった。平生は石が転がったり草が生えたりしているけれども、大水が出ると一杯に水が流れる、激しくなると橋が落ちそうになる事もある。此頃は土橋になっているけれども、昔は板を張ったあたり前の橋で、おまけにちっとも反っていないから水嵩《みずかさ》が増して来ると橋が浮きそうになる故酒屋から大きなこがを持ち出して橋の上に並べて、其中に水を一杯入れて重しにしてあった事なども覚えている。そこの稲荷様にどんな願を掛けたのか知らないけれども、まだ婆やんの生きていた頃のある晩、油揚を持ってお礼参りに行った事があった。稲荷様の社の横から石の雁木《がんぎ》を降りて磧の草の中を歩いた。そうして橋の下の石垣の穴の前に持って来た油揚を置いて帰った。婆やんが、こうして油揚を置いて、後を向いて見ると、そのまにもう御狐様が食べて御ざいしゃると云った。其時油揚がすぐ無くなってしまったのか何だか、些《ちっ》とも覚えていないけれども、気味がわるくて恐しかった事丈《だけ》は忘れない。

稲荷

上

郷里の町を貫流する大川が、町の真中で三つに分かれて、間もなく下流でまた一筋に合流する。その三本の川の間に出来た二つの島を東中島、西中島と呼び、何れも表通りを除く島全体が遊廓である。夜になると、紘歌《げんか》の声が暗い川波の上を伝って流れるのである。

三つの川に架かった橋は、京橋、中橋、小橋と云い、両端の京橋と小橋の下には、いつも水が流れているけれども、中橋の下は、ふだんは一面の磧《かわら》で、夏は雑草が生い茂り、冬は枯草の根もとを頰白や鶚鴣《みそさざい》が馳《か》け廻っている。

中橋の、西中島の橋詰に稲荷の祠《ほこら》があって、綺麗な女のお詣りが絶えない。私の婆やは、どう云う心願があったのか知らないが、秋の薄寒い日暮れに、私の手を引いて、片手には生の油揚をさげて、そのお稲荷様の祠に参詣した。

神前にぶら下がっている大きな紐につかまって、無暗《むやみ》にゆすぶると、上に釣るしてある鈴が、じゃらん、じゃらんと鳴る間、婆やは何か一心におがんでいる。それから油揚をお供えするのかと思ったら、さあまいりましょうと云って、私の手を執り、祠のうしろから、でこぼこした磧の枯れ草の中に下りて行った。薄暗くなりかかった向うの、今歩いているところと同じ位な高さに、大川の水が白光りがして流れている。

婆やは片手に油揚を下げたまま、私を引張って、橋裏の暗いところに這入《はい》った。橋の上を走る人力車の響や人の足音が一緒になって、辺りが轟轟と鳴っていた。橋本の岸に築き上げた石垣の隙間の、何だか奥深く見える穴の前に起《た》って婆やはまたおがみ出した。

栄さま、このお穴の奥にお稲荷様のお狐様がおられます。お供えをしてうしろを向いた間に、油揚を引いて御座った時は、こちらの願い事が叶うのぞなと云った。そうして、私にもその穴口をおがまして、それから油揚を石垣の石の角に乗せた。私は身体じゅう身ぶるいがして、足は踏みしめられない程、がくがくと慄《ふる》えた。

婆やに手を引っ張られて、枯れ草の株を夢中で踏みながら、向うを見ると、いつの間にか両側の岸の上に高く、お茶屋の灯りがずらずらと列《なら》んでともっていた。

後を振り返って見たら、もう穴口の油揚が無くなっていた様な、又暗くて、有るか無いか解らなかった様な、それよりも、婆やが私の手を激しく引っ張って、いけません、いけません、後を振り向くものではないぞなと云った様な、曖昧な記憶しか残っていない。

大きくなってから、中橋を渡る時、たまに橋裏の石垣の穴を思い出した。そう云う所のお詣りに連れて行かれた事は、その時一度しかないので、思い出すと不思議な気持がした。初めは婆やに心願の筋があって、お詣りしたものと、ぼんやり思っていたけれども、この頃になってその時の事を考えると、そうではなく、婆やは私の為に、行く末の身の上を何か祈ってくれたのではないかと気がついた。ふとそう思った時、急に目の前が、ぎらぎらすると思ったら、思いがけない涙がにじんで来た。しかし私の行末のどう云うところを祈っておいたのか、それは考えて見ても解らない。

下

昨夜の真夜中ごろ、不意に表の大戸を烈《はげ》しく敲《たた》く音がして、はっと思うと音が消えた。暫らくすると、遠くの方で戸を敲く音がして、それが止んだかと思うと、又別の所で、戸の割れる様な音がした。

朝になって、町内の人が道端に起って話し合っている。どうもおかしい。用があって、人が来た様子はない。お稲荷様が変事《へんごと》を知らして下さるのではないか。

町裏の、土手の陰にある稲荷の祠を預かって、朝夕のお供えや、狭い境内の掃除をしている仕事師のおかみさんが、昨夜は、夜更《よふけ》からお使姫のお狐様が、長鳴きをせられて、恐ろしくて、恐ろしくて、夜通し寝られませなんだと云った。

これは町内の災難を、前触れして下さっとるに違いない。今のうちにお祭りをして厄払いをしなければならぬ。近火でも起こってからでは取り返しがつかない。早速お祭りの銭を集めようと云う事になった。

神前を掃き清め、鳥居を洗い、新らしい注連縄《しめなわ》を張って、三宝《さんぼう》の上にお供えが山の様に盛られた。神主が来て拝んだ後から、町内の者がお詣りをして、お賽銭を投げた。

私の祖母も、お米と銅銭の這入っているお賽銭袋をさげて、お詣りをした。

夜は提燈がともった。その下に子供が集まって太鼓を敲いた。

お祭のすんだ後、町内の人が私の家に来て、みんなと話し合った。これでまあ安心である。当分のうちは、何とか食って行けるだろう。お賽銭が少く見積もってもこれこれ、お米も大分這入っている。それにお供えの餅がある。お菓子は子供に分けてやったけれど、まだまだ残りがある。

私は丁度そこに居合わせて、不思議な大人達の話しに聞き耳を立てた。

一体あの家はみんな人が好過ぎるので、気の毒である。あれだけの大家内で、働き手は一人だから、一寸《ちょっと》仕事が途切れると、すぐに食えなくなる。不景気ではあるし、随分困っていた事だろう。これで又仕事のあるまでのつなぎも出来たし、自分達としても、久久のお祭りをすまして、さっぱりした。

私は祖母に耳打ちして、そっと尋ねて見た。

「おばあさん、夜中にだれが戸を敲いたの」

祖母は「お稲荷様のお狐様が、太い尻尾で、どんどんお敲きになるんだよ」と云った。

そうではない、おかみさんが狐が夜鳴きをすると云ったり、亭主が夜中に戸を敲いて廻ったりしたに違いない、と私は考えた。私は既に学校に上がっていたのである。

しかし、大人達の云う事には、納得出来ない節節が多い癖に、それでよく解る様な気がした。お狐様のお知らせや長鳴きを、全く信じないわけでもなく、それはそう云う事として通して、急いで隣人の窮乏を救い、その後の満足した気持を、又神様のお祭りがすんで、さっぱりしたと考えていた当時の人達の心意気を、後に自分が散散貧乏した挙句に思い出して、他人事《ひとごと》ながら難有《ありがた》く思うのである。

葉　蘭

狐は臭そうだから飼うつもりもなかったが、人から貰ったので飼って見る事にした。時候の加減で小便もそれ程におわず、第一、狐の身体から発する臭気がまだその季節にならぬと見えて、覚悟した程甚だしくない。鉄道の駅に備え付けてある犬の輸送用の檻《おり》に似た箱に納まっているが、時時中で不器用にあばれる。養狐場の狐ではなく、罠に掛かったのだと云う話であった。人が近づき、檻の前の鉄格子に顔を寄せても、じっと澄ましている事もある。その時はこちらの隙をねらう様な気合でいるのか、それとも何か別の事を感じているのか、狐の様子を眺めただけでは解らない。年を取っているか、まだ若いのか、それも知らないけれど、近くで見ると、ぼんやり考えていたよりはずっと身体が大きい。顔はだれかに似ている様に思われるが、人間になぞらえて想像すると、哲学者の様でもなく詐欺師でもなく、美人を聯想させる。しかしこの狐は雄である。雄が美人に見える事は差支《さしつか》えないけれど、ただ鼻面《づら》の辺りがむさくるしくて、暫らく見ていると矢張《やは》りけだ物《もの》だなと云う気がする。

檻の置き場所がないので、茶の間の床下《ゆかした》が高いから、その縁の下に入れてある。夕暮の早いこの頃は何かしているとすぐに庭が暗くなる。地面に近い葉物はみんな枯れ伏してしまって、狭い庭の片隅にかたまった葉蘭の一群だけが青い色を残しているが、日の暮れた後ではその辺が特に暗くなる様に思われる。低い風が吹き通ると、葉蘭の葉が鳴る事もある。そんな事を心に止めた事はなかったが、狐の檻を縁の下に入れてから、急に気になり出した。

茶の間の電気の下で夕飯をたべていると、障子《しょうじ》の外で物音がする。風だなと思ったり、又狐が動いたのだろうと考えたりする。さわさわと葉蘭が鳴っている。さっきここに坐る前に庭を見たら真暗であったが、今夜は月夜の筈であると思う。月夜でも上りが遅ければまだ光りは射さない。或《あるい》はもう月の出になっていても、月の低い内は隣家の屋根や家の塀が光りを遮《さえぎ》る。そうすると蔭になった庭は一層暗い筈《はず》である。

あんまり一つ事を考え込んだので、一寸《ちょっと》箸を置いて起《た》ち上がり、障子を開けて庭を見た。茶の間の明りが流れている筈の塀の内側が真暗で、庭の地面は底に落ち込んでしまったかと思われる程の暗闇の中に、葉蘭の葉っぱが薄い光りを放っている。白っぽい色とその蔭とのけじめがはっきりしているので、一枚一枚数える事も出来る様であった。

家の者が夜になるとこわくて困るから、あんな物を飼うのは止めてくれと云い出した。何がこわいかと聞いてもそれは解らない様であった。私もつまらない事に気を遣ったり、一寸《ちよつと》した物音に驚いたりするが、まだ馴れないからであろうと考えている。また明かるくなったら縁の下の前にしゃがんで、もっと向うの気持も解る様になりたいと思う。

狸芝居

某閨秀作家が来て、今日はどこやらの活動写真の変り目だから、御案内しようと思うと云った。

そんな事を云われたので思い出して見ると、その少し前に、どう云う風の吹き廻しか、私の許《もと》にキネマ会社から、今度作ったトーキーの映画を見てくれと云う案内状が来ていた。暫らく振りに行って見ようか知らと考えている内に、つい何処であるのか忘れて、その儘《まま》になった。それとは別の話だけれども、矢《や》っ張《ぱ》りトーキーで、今度のは大変面白そうだから、元気を出して、外出せよとその客が私にすすめた。

私も随分活動写真が好きで、毎週木曜日の変り目毎《ごと》に見に行ったのはトーキーになる前の話である。近頃では飛行機の飛ぶ活動写真を一二度見て、それがトーキーであったので、珍らしく思ったけれど、それも考えて見ると、もう二三年前である。それで、私はトーキーと云うものがまだよく腑に落ちない。

「機械から声が出るのでしょう」と私が聞いた。「どの辺りに聞こえますか」

「そうですねえ、矢っ張り向うの方でしょう」

「うしろから聞こえやしませんか」

「いいえ、そんな事はありません。その点は大丈夫です」と閨秀作家が請合った。

源平時代から続いている狸の一族が、私の郷里から十里位も離れた田舎の森に住んでいて、こちらから頼むと、昔の合戦の模様を実演して見せるそうである。無論真夜中の辺りの静まった時分に、暗い森の陰で行われるのである。その話を聞くと、どうも後世の活動写真のような趣がある。物音もなく、声も立てずに、恐ろしい場面が進んで行くそうである。それだけでなく、狸から予《あらかじ》め一つの約束をもとめられる。見ている内に、どんなに思い迫っても、決して声をたてない事、それが御承知なら、お目にかけましょうと云うのである。

蛙の声も止み、風も動かぬしんとした真暗闇の向うに、いきなり、ぎらぎらと浪が打ち寄せて、辺りに水明かりが射した。沖には軍船が押し合い汀《なぎさ》を鎧武者が馳《か》け廻って、一ノ谷の合戦が始まった。あんまり真に迫っているので、見物の人間が己を忘れかけているところへ、女にも見まがう敦盛様が撚じ伏せられて、首を切られそうになったから、何人かが思わず「あっ」と声を立てた。

その途端に、向うの景色が消えて、何だか真暗闇の中で、ただならぬ気配がした。見物が村に帰った後から、狸の使が来て、あれ程、前以て申してあるのに、なぜ声を立てなさったか、お蔭で敦盛様に扮した古狸は、相手の刀に斬りつけられて、深手を負いましたと怨《うら》んだそうである。

活動写真は狸の仕業の様なところがあるけれど、トーキーの趣は私にはまだよく解らない。

今日は思いがけない御勧誘で、これから出かけると云うのも億劫《おっくう》ですから、よしましょうと云ったら、それではこの次に又お誘いしますと云って、閨秀作家が帰った。

光り物

僕が祖母から聞いた話だが、岡山の僕の生家の前は国道で、東京の日本橋から通じている。それを東の方に行くと二本松と云う所がある。或年の大晦日に二本松の方から光り物が岡山の方へ飛んで来て、国道筋をずうっと伝って京橋——東京の京橋ではない——その京橋の下には、橋だから下は川であるが、川縁で夜ざやしと云うつまり夜遅くなってから魚の河岸をやっていた。そこを光り物がすうっと通って行ったが、通り道にあたる家の表戸はわれる様な音がして、道は昼のように明るく光り、京橋の上から下の京橋川の川底が見えて泳いでいる魚の姿がありありとわかったと云うのは実際らしい話しだ。恐らく隕石だったのだろう。祖母は八十四で亡くなったが、一生涯に夜の川底の魚が見えたのは、それっきりだと云った。

蛍

東京の町中に住んでいて、宵闇の庭先を蛍がふわふわと流れているのを見ると、淋しい気持がする。毎年二つや三つは見ている様に思われるが、私の家のまわりに立ち樹は多いけれど、蛍の生まれそうな川はないから、多分どこか近所の家の軒端から、蛍籠の目を抜けて飛んで来るのであろう。光りも薄くぼやけていて、闇の中に曖昧な筋を引いただけで、すぐに何処かへ消えてしまう。

子供の時に私の育った家は、田舎の町外れにあって、町裏には田があったから、今頃の季節になると、時時大きな蛍が飛んで来た。真暗な酒倉と酒倉の間を流れて、屋根の向うに消えて行った後まで、濡れた様な青い色の光りが眼に残って、もっと沢山蛍のいる所へ行って見たいと思った。

夜寝る時、蚊帳《かや》の中に蛍をいくつも放して貰って、顔の上を飛び廻っているのを見ながら眠った覚えもある。そう云う晩は夜中になってから、きっと私が目を覚まして、身体の方方がかゆいと云って泣いたそうで、それは蛍の所為《せい》だろうと婆やが云っていたのも覚えている。

今夜は蛍狩に行くのだと云って、父が先に立って倉の者や店の者や女中なども連れて出かけた。私もついて行ったが、いくつ位の時であったか、はっきりしない。家を出て、すぐ町外れの暗い八丁畷《なわて》に掛かると、両側の田の水に薄明りがさしていて、歩いて行く道だけが段段暗くなって来る様に思われた。

大分行ってから細い道に外れて、みんなが一列にならんで歩いた。右側を流れている小川の水が盛り上がる様になって、所所道にあふれていた。その水の光りで足許《あしもと》も明かるくなった様に思われたが、もう家を出てから、どの位遠くへ来たのか解らない様で心細くなった。

大きな蛍が向うの田の上を飛んでいるのを見つけて、私がそう云ったら、傍の者が、黙って黙ってと云った。あれは蛍ではないと小さな声で云った。しかし熊蜂ぐらいの蛍が、一匹だけ向うの方へ飛んで行った。その光りが田の水にうつって、水の底にぎらぎらする棒が沈んでいる様に思われた。

雄町《おまち》と云う所まで行ったのだが、そこが蛍の名所であって、辺りが蛍の光りで明かるくなり、一緒に行った者の顔が暗がりの中にありありと見え出した。みんな濡れた様な顔をしていて恐ろしかった。足許を矢の様に流れている小川の水が、蛍のために底まで真青に光っている。ぎらぎらする水が目の前を飛んで行くので、私はだれかに抱いて貰って目をつぶった。

裏川　雄町の蛍狩り

備前岡山の北郊に雄町《おまち》と云う村がある。

或《あるい》は今は市域に編入されているかも知れないが、長い間郷里に帰らないのでよくわからない。

雄町は米と水がいいので有名であった。

雄町の米は雄町米《おまちまい》と呼ばれ、酒造米として今でも全国一の規格となっている。水も大変良質で、その水は雄町の川を流れているのか、どこかに井戸があったのか知らないが、昔皇太子殿下が岡山に行啓になった時、それに備えてあらかじめ県庁の衛生試験所で良質の水を探し求めた。岡山市に水道が出来る前の話である。

昔と云ったのは明治の事なので、だから皇太子は後の大正天皇である。

その時、造り酒屋だった私の生家に洋服を著《き》た県庁の役人が三四人来て、物物しく井戸の水を汲んで行ったのを覚えている。

うちの井戸の水が御用に立てばいいと父やおとな達は思ったであろう。そうなれば名誉でもあり又商売の上にも役に立つ。

しかし私の所の水は合格しなかった。もっと良い水が雄町にあって、つまりうちの井戸の水は雄町の水に負けたのである。

雄町はまた蛍の名所でもあった。

その雄町に私の家の田地があって、そこの小作人が誘ったのだろう。夏の晩、父が大将となり、店の者倉の者数人を引き具して蛍狩りに行った事がある。

私もみんなに交じって、ついて行った。日暮れ前の、まだ明かるい内に出掛けたが、だれかがお酒の瓢簞《ひょうたん》に重詰《じゅうづ》めぐらいは持って行ったかも知れない。

雄町の蛍は大きな蛍だと云うが、向うへ行ってからの、暗くなってからの事はよく覚えていない。暗い川の上を大きな蛍が飛んでいる景色なぞ丸で記憶に残っていない。

いい加減な頃合いになって、みんな引き上げて帰って来たのだろう。暗い帰り途の事も何も覚えていない。ただ一緒に行った店の竹吉と云う若い者が一人、どこへ行ったか、いなくなった。

竹吉は店で働いていたが、私の家の遠縁の者で、若い者と云ってもそれは昔の話で、私よりは歳上であった。

竹吉はその晩とうとう見つからず、或は一人離れて先に帰ったかとも思ってみんな戻って来たそうだが、帰ってはいない。

翌《あ》くる日の朝になって、ぼんやりした顔をして帰って来た。

雄町のあの細い川の上を、馬鹿に大きな蛍が一匹飛んでいるから、それを追って川縁を伝って行ったら、急に足もとの暗い水の中がぽうっと明かるくなったので、そっちに気を取られて見ると、大きな鯉が一匹、水の底を勢いよく泳いでいるのが、ありありと見えた。

夢中になって追っ掛けて行くと、段段に川の底が浅くなって、鯉がすぐにも摑めそうになった。何とかして手摑みにしてやろうと思い、どこ迄もどこ迄も追っている内に、みんなにはぐれてしまった。

気がついて見ると、東の空が白みかけていた。

竹吉の話を聞いて、みんなが小首を傾けた。雄町の狐が鯉に化けて、竹吉をたぶらかしたとしても、あんな所に遊郭はないし、近くに女もいないだろう。夜通し鯉を追い廻して、まあ無事に帰って来たからいい様なものの、若い者はうっかり蛍狩りにも連れて行かれない。

雛　祭

東京の雛祭はとっくに済んだが本当の雛祭にはまだ大分間がある。本誌の出るのが丁度その頃になるであろう。太陽暦の三月三日はまだ寒い。室咲きの桃の花を買って来ても、雛壇の傍で萎《しな》びる。柳の芽は吹いていない。小枝の葉隠れに小さな紅提燈を吊るす風情もなく、赤い雪洞《ぼんぼり》の燈影が桃の花びらに揺れると云う趣もない。今年のお雛様の二三日前に番町の土手の下で桃の枝を持った老婆に会った。いくら年寄りでもあんな顔をしなくてもよかろうと思う様な六《む》ずかしい顔をして眼鏡を掛けて、根もとを紙で巻いた桃の枝を握り締めている山《やま》姥《んば》か魔女に会った様な気がしたが、風が寒いのでしかめ面《つら》になったのかも知れない。

二三年前迄は七月七日に七夕祭をする学校があった。笹の枝に色紙や短冊をぶら下げる。しかし新暦では稲の葉に露を置く時候になっていないから、稲の露を集めて硯《すずり》に磨《す》る事は出来ない。夕方空を眺めても天の川は未だ出ていないだろう。水道の水を硯に注いだ昼間の七夕様では何の趣向もない。八月十五日は名月だと云うので闇夜に団子を供える催しは聞かない様である。

不順だとか冬が長いとか云っていても矢張《やは》り時候はめぐって来る。いつの間にか春になって野路には桃が咲き掛かっているだろう。本当の雛祭らしい陽気になった。私は田舎の町の酒屋の一人息子で、姉も妹もないから家の雛壇は古びていた。母のお内裏様も大きかったが、祖母のはもっと大きく、今の言葉で云うと坐高半米《メートル》近くもあった。こまこました調度を前に列《なら》べる。琴三味線もあって、琴は筆ぐらいの長さであった。それに細い絃《いと》が十三本張ってある。塗物のお膳と一緒に簾《すだれ》の垂れたお駕籠《かご》もある。物の大小が出鱈目《でたらめ》なので、物心がついてから雛壇の道具をいじりながら、むしゃくしゃした事がある。お内裏様のすぐ傍に、ほうこう様と云う起《た》ち人形を飾る。ほうこう様とはどう云う字を書くのか私はまだ知らない。ほうこう様には手がない。内裏様に諫言《かんげん》して斬り落とされたのだとも聞いたし、わけぎの酢味噌が余りうまそうなので、自分の腕と取っ換えっこして食べたと云う話もある。紅の菱餅、蓬《よもぎ》で造った青い菱餅、雛菓子、白酒の外《ほか》に紅白の押し抜き、紅玉子等も供える。近所の人や親類を呼んでそう云う物を御馳走する。よばれて行くのをお雛荒しに行くと云った。初めの内は賑やかであったが、私が成長する前に家が貧乏したので、年年の雛祭も次第にさびれて来た。しかし一年に一度のお祭に出さないと、長持《ながもち》の中でお雛様の泣き声がするそうである。それで家の中が淋しくなってからも雛壇は必ず飾った。人っ気のないお雛様の座敷に這入《はい》って行って上の段から眺めて見る。踏台を持って来て男雛と女雛の首を挿しかえた。又祖母の雛と母の雛との首を入れ代えて見た。或《あるい》はその顔をそっぽに向けたり色色苦心して、更《あら》めて下から眺めた。大きな胴体に小っぽけな頭が乗っかっていたり、頭でっかちだったり、見当違いの方に向いていたり、それが可笑《おか》しくて一人で雛壇の前で腹を抱えた。今考えると少年期の憂悶のはけ口を探していたのかも知れない。祖母や母に見つかって勿体《もったい》ない事をすると云って叱られた。

お雛様も来年あたりから賑やかになる事であろう。ほうこう様の外に馬来《マレー》や爪哇《ジャワ》や緬甸《ビルマ》から色色のお人形が参列するに違いない。わけぎの酢味噌よりもっとおいしい御馳走のお土産も来るだろう。どこの家の雛壇も狭くなって、もう一段も二段もまさなければ間に合うまい。

柳　藻

　春の末らしかった。あたたか過ぎる日の午後、空一《いっ》ぱいに薄い灰雲が流れて、ところどころ、まだらなむらが出来て居た。西日の光りが雲の裏ににじみ渡り、坂や屋根や町なかの森に赤い影が散って居た。その影が薄くなったり濃くなったりして、しきりに動いた。風が坂の上から吹き下りた。私は風を嚥《の》みながら坂を上って行った。

　すると、坂の途中の横町から、ひょこりと婆が出て来た。砂風を避けて、少し横向きに顔を振っていた私の目の前に、旱《ひで》りで立ち干いた水杙《みずぐい》の様な姿を現わして、私の道を切った。赤い影が婆の顔にも落ちていた。婆の後から若い女の子がついて来た。赤い帯をしめて、片手に風呂敷包を抱えて、婆の足許《あしもと》を見ながら歩いて行った。婆は脣《くちびる》が一枚しか無さそうに見える口をへの字にまげて、邪慳《じゃけん》に女の子を急がせていた。私がふと婆の顔を見た時、婆の瞳が私の顔のまわりに散っていた。私が自分の眼を早く外《そ》らせようとあせっている間に、婆の瞳は小渦を巻いて、私の目の底を射た。私はうろたえて、やっと目を伏せた。そうしてもう見まいと思った。婆の裾の外れからは、痩せた脚が二本、地面を突張っている。婆はその脚を棒切れの様に振りながら歩いた。脚は婆の隙をねらって、頻《しき》りに地面を突張ろうとしているらしい。婆は坂を下り出した。黄色い風が後から婆を包んだ。婆は風の粒の様に、風の真中を飛んで行った。女の子が次第に婆と離れて来た。私は、今だと思った。

私は女の子の後を追うた。足を早めて行くとじきに、婆から女の子と、女の子から私との距離が同じくらいになった。それから又段段女の子に近づいて来て、とうとう私の手が女の子の袖に触れそうになった。すると女の子は後を向いて、泣き出しそうな顔をして私を見た。私は今はいけないんだなと思って、そのまま手をひいて、おとなしく、そっと女の子の後について行った。

うねうねした道を風に吹かれて行くと、何時の間にか町が尽きてしまって、妙な野原に出た。向うの方に脊の低い松が一本生えていて、鶫《つぐみ》の群れがそこへ降りた。中に一羽非常に大きな、高い声をして鳴いているのがあった。空が薄く曇っているので、却《かえつ》て平生よりは明かるい光が原一面に流れていて、向うの方の遠く迄、みんなはっきりと見えた。その中に脊の低い松が浮き上がったように鮮やかに樹《た》っている。婆と女の子がその松の方へ歩いて行った。私はこんな原を渡って行く婆の思わくが解らなくて、少し無気味になって来た。

けれども、私は休まずについて行った。辺りになんにもなく、又誰もいない。ただ一本の松の樹の方へ婆と女の子が行く丈《だけ》である。私は早く婆から、女の子を引き離し度《た》いと思う。しかし婆は時時振り返って、女の子の方を見た。そうして女の子は素直に婆について行った。さっきからあんまり婆と離れもしない。私はもしかすると、女の子が私を捨てるつもりなのかも知れないと思い出した。

私はまた足ばやになって、女の子に追いついた。そうして、もう一度彼女の袖を引いて見た。女の子はまた泣きそうな眼をして私を拒み、そうしてすたすたと婆の後を追うた。私はこの原で婆を殺してしまおうと思った。

私は婆を殺す機会をねらいながら、後をつけて行った。すると空が段段薄暗くなって来た。私は「造化精妙」と考えて次第に近づき、かたっと一打《ひと》ちに婆を殺した。婆は手も足も折れて、死んでしまった。それから私は女の子の傍に行って、その手を握った。女の子の手は柔らかくてあたたかい。握ったところから女の血が伝わって、私の手が重たく熱くなる様な気がした。女の子は私に寄り添うて来て、一緒に歩いた。そうして広い広い原を何時迄も歩いて行った。何時の間にか原が尽きて、妙な浜へ出た。黒い砂の磯が見果てもなく続いている。変な、年寄りの髪の毛の様な草が、所所砂にべっとりと著《つ》いていた。向うは大きな池である。池の上の空は薄暗く暮れかかって居て悲しい。そのくせ池の水は底から明りが射している様に白く映えていた。私は女の子の手を引いたまま、池の沖の方を見ていた。私はそこで何を待っているのだかわからない。辺りになんにもなく又誰もいない。私は一人いる様に淋しくて堪《たま》らなくなった。

「行こう」と私が云った。その声が慄《ふる》えた。私は又女の子の手を引いて、磯伝いに歩き出した。自分の声が耳に残って、私は泣きそうな気持になった。そのうち、握っている女の子の手が、段段冷たくなって来た。私は気味がわるくなり出した。一緒に歩いているのに、女の子が頻りにとことこと、よろめく様な歩きぶりをした。私は心細くて堪らない。池の上の空が段段暗くなって来て、その影が明かるい水の表にうるみ出した。すると女の子が、かすれた様な泣き声で、身はここに心はしなのの善光寺という歌を歌い出した。かわいい女の子なのに、声丈《だけ》はすっかり婆である。私は水を浴びた様に思った。それからまだ向うの方へ歩いて行くと、磯に長い長い柳藻が打ち上げていて、根もとの方は水の中にかくれて居る。磯に上がった所丈《だけ》が枯れていて、足にからみついた。何本も何本も縺《もつ》れたように磯の砂にうねくって居る。私はこうして、この女の子を自分の傍に引き寄せたけれど、これが本当の私の女だかどうだか解らないと云うことをちらりと思った。すると手を引いている女の子が何だか声を出した。咳《せ》いたんだろうと思ったけれどもわからない。笑ったのかも知れない。私は又ひやりとした。女の子の心の底が、何となく怖ろしくなって来た。けれども、もう考えまい。そう思って私は女の子の手を力一《いっ》ぱいに強く握り締めた。冷たい手がぽきりと折れた。私が吃驚《びっくり》して女の子を見たら、女の子だと思っていたのは、さっき原の中で殺した婆であった。

銀杏

舞台の真中に寝床が一つ敷いてあって、後向きになった男の頭が見えている。燈かりが薄暗くて、部屋の隅隅はよくわからない。犬が吠えながら、段段遠くの方に行くらしい。辺りは静まり返って、何時まで待っても、何事も起こらなかった。布団をかぶって寝ている男も、身動きもしなかった。

するど何処かで、人の動くような気配がした。けれども、寝床の中の男は、もとの通りに向うを向いたまま寝ていた。そうして、隅隅はさっきよりも一層暗くなって来て、段段舞台の真中の寝床も見えなくなりそうだった。その時、寝床のうしろの暗闇の中から、急に一人の大男が現われた。片手に白い手拭の撚ったのを、だらりと下げていた。そうしてよく見たら盲目だった。

大男の盲目が舞台の前の方に出て来て、寝床に近づいた。脊は普通の人間よりもずっと高くて、長い毛を左分けにしていた。髪が油で光っていた。目のつぶれた痕《あと》がのっぺりと食っついてしまって、眉の下は恐ろしく広かった。

盲目は足音を忍ばせるようにして、寝床の傍まで近づいて来た。そうして、起《た》ったまま、目が見える様に、寝ている男の顔を見下ろした。それから、いきなり寝床の上に馬乗りになって、片手に持っていた手拭を、寝ている男の咽喉の辺りに巻きつけたらしい。寝床の裾が急に捲《め》くれ上がって、大きな足が二本、どたどたと床をたたいた。盲目は馬乗りになったまま、身動きもしなかった。床を蹴る足が次第に動かなくなって、辺りが静まり返って来た。するとと何処かで夜泣き饂飩《うどん》の声が聞こえた。盲目は馬乗りになったまま、顔を上げた。恐ろしく大きな顔だった。

学校の体操場の様な所に風が吹いていた。そうして向うの大きな家の屋根越しに、遠方の昼火事の煙が濛濛《もうもう》と立ち騰《のぼ》っていた。

髪を分けた大きな盲目が何処からか出て来て、横笛を吹きながら、のそのそと歩き廻った。その時、二人連れの若い女が、広場を通りかかって、盲目にあった。すると盲目は二人を連れて、広場の隅にある藤棚の下に這入《はい》って行った。時時風が強くなって、昼火事の煙を広場の空に吹きつけて来た。煙は黒くむくむくと上がったり、又赤い色を帯びて低く流れたりした。盲目は若い女の真中に這入って、三人並んで腰を掛けていた。女はどちらも美しくて、ほれぼれする程可愛かった。盲目は広い顔を交る交る女の方に向けて、接吻しているらしかった。そうして長い間、だれも藤棚の下から出て来なかった。

するとに急に一人の女が起ち上がって、広場を向うの方へ逃げ出した。無暗《むやみ》に走って行くので、その様子が獣の様に見えた。そうして走りながら、何か云っているらしいけれども、よく解らなかった。声も家畜の泣くように聞こえた。その時盲目はもう一人の女を自分の膝の上に乗せて、後から抱いたまま、女の顔を捩じ向けさせて接吻していた。そうして何時までも離さなかった。女は宙になった足を一生懸命にはねて、両手で無暗にもがいていた。

真暗闇の中に、雨がざあざあと降っていた。そうして、雫をかぶった大きな公孫樹《いちょう》が、風もないのに、独りでに、ゆさりゆさりと揺れていた。公孫樹の根もとに、髪を分けた盲目が突起《つった》って、無暗に何か解らない事を叫んでいた。声が細くてやさしくて、女の様だった。

その内に、幾人ともわからない程大勢の盲目が、公孫樹の根もとに集まって来て、雨のざあざあ降っている中で、何かしきりに揉み合った。そうして、何時迄たっても止めなかった。すると、髪を分けた大きな盲目が、その中に這入って行って、又何か始めた。無暗に手と手と揉み合わせている丈《だけ》で、喧嘩をしている様でもなかった。銀杏の樹が段段にひどく揺れ出して、大きな頂が闇の中を游ぎ廻るように動くのが見えた。

それから暫らくたって、雨は矢張《やは》りざあざあと降っているけれども、辺りが何となく静まり返って来た。そうして、大勢の盲目の脊が非常に低くなって、平たくなって、身体の横幅が無暗に広く見え出した。そうしてまだ段段に低く、広くなって行くらしかった。しまいには地面とすれすれの様になって、それでも矢っ張り揉み合っていた。そうして髪を分けた盲目もどれだか解らなくなりかけた。するとその時、みんなの間から、一人だけ根もとの方に離れたものがあった。それが矢っ張り髪を分けた盲目らしかった。その盲目は非常にうろたえた様子をして、一寸《ちよつと》みんなの方を振り返って、それから公孫樹の幹に抱きついた。そうして濡れた幹を伝って、頂の方に上って行って、居なくなってしまった。

根もとにいた者は段段に平たく低くなって、しまいには大きな銀杏の樹の頂の揺れる影が、真暗な根もとの水溜りに映って彼方此方に動いているばかりだった。

東京日記　その九

月が天心に懸かって、雑司ヶ谷の森を照らしている。盲学校の前を通りかかると、もう真夜中を過ぎているると思われるのに、後から足音がしたと思ったら、色色の恰好をした若い男が大勢、真白な道の上を歩いて来た。元気な声で話し合ったり、歩きながら手を拍《う》ったりして、酒に酔払っているのであろう。二三人宛が一かたまりになって、手をつなぎ合ったり、肩を抱いたりしている。その内に先頭が学校の門に近づくと、二三人で余り聞き馴れない軍歌の様な歌を合唱しながら、銘銘閉まっている門の扉を攀《よ》じ登り出した。

後から来た連中もみんな扉の同じ所に手をかけて、次から次へと内側へ跳《おど》り込んだが、地面に足がつくと、又二三人で待ち合わせて、それだけが一かたまりになり、どんどん奥の方へ歩いて行った。足取りも変であるし、お互につかまり合っている様子から、みんな目くらであろうと思われたが、この学校の生徒ではなく、どこか外から集まって来たらしい。格子《こうし》になった門扉の内側は広広とした校庭で、向うの方は月光に霞んでいる。中に這入《はい》った連中は、そこを奥の方へ進んで行ったが、向うへ行く程段段声が大きくなって、みんなで合唱しているのは、古い軍歌の様でもあり、どこかの寮歌の様にも聞こえたが、何となくこちらでその節について行く様な気持で聞いていると、急に変な風に調子を外《そ》らす様なところがあって、その度に何とも云われない不思議な気持がした。

門扉の格子から覗いて見ていると、向うへ行った連中はそこいらで一かたまりに集まって、何かやっていると思う間に、次第にひろがって来て、幼稚園の子供がする様に手をつないで輪を造った。

それから段段ひろがって行って、一《いっ》ぱいになったところで踊り出した。時時そろって手を拍《たた》く時は、その響きが片側の校舎の板壁にこだまして、平たい板を敲《たた》く様な音になって帰って来た。

踊りの輪はあっちに流れたり、こっちに移ったりして、そこいらを面白そうに動き廻っていたが、その内に門の扉の近くに押して来て、私の目の前をゆっくりゆっくり廻り出した。矢っ張りみんな目くらで、年は若そうなのに、爺の様な顔をしたのもあり、色が白くて女の様な顔をしたのもいたが、その中に顔が長くて、額に髪を垂らし、顎鬚《あごひげ》を生やした者が所所に混じって、両隣りの目くらと手を取り合っている。それは山羊に違いないので、私は驚いて声を立てようとしたけれども、咽喉が塞《ふさ》がって何も云う事は出来なかった。山羊はしょぼしょぼした眼をしているけれど、目くらではないに違いない。月はますます冴えて、さっきから、ぎらぎら光り出した様に思われた。その光りを浴びて踊っている輪のまわりから、ゆらゆらする夜の陽炎《かげろう》が立ち騰《のぼ》り、時時山羊の眼がぴかぴかと光った。

東京日記　その十六

日比谷の公会堂へ馳《か》けつけたが、切符が階上の自由席である上に、時間を遅れて来たので、人の顔が柘榴《ざくろ》の実の様に詰まっていて、どこにも空席がないから、段段上の方へ探して上がったら、到頭《とうとう》一番後の壁際の、天井に近い所にやっと一つだけ椅子が空いていた。

そこに腰を掛けて、下を見下ろすと、あんまり高いので、目が眩《くら》んで前にのめりそうであった。

丁度幕の降りているところであったが、すぐにベルが鳴って、幕がするすると上がり、目のちかちかする様な明かるい舞台の床板が真白く目の下に見えた。

まだ私のところから何も見えない内から、大変な拍手の響が階下の方から湧き上がって、それから舞台に演奏家が一人で現われた。バハの無伴奏のシャコンヌの番組なので、一人で出て来るだろうとは思っていたけれど、その西洋人が余り小さいので吃驚《びっくり》した。ここの席が高過ぎるので、舞台が遠いから、小さく見えると云う程度の話ではなく、脊丈が二尺ぐらいしかなくて、禿げ頭は夏蜜柑より小さかった。それがヴァイオリンを抱えてちょこちょこしているのが、遠くても輪廓だけははっきりしているので、却《かえ》って変な気持がした。

それからヴァイオリンを弾き始めると、いい音色が下の方から伝わって来て、うっとりする様な気持になったが、時時気がついて、舞台の方に目を凝らすと、曲の緩急によって、演奏家が大きくなったり、縮まったりしている様に思われ出した。

どうかした機《はず》みでは、ずっと脊が伸びて、普通の人と余り違わない位になるかと思うと、曲が細かく刻んで来ると、段段小さくなって、さっき初めに見た時よりもまだ縮まり、一尺あるか、ないか位の姿が舞台の白い板の上をちらちらと歩き廻った。

それにつれて、顎の下に挟んでいるヴァイオリンが矢《や》っ張《ぱ》り伸びたり縮んだりする様に思われた。それがただ大きくなり小さくなりするだけでなく、右手の弓でこすり、左の指で揉んでいる内に、楽器が長くなったり、音の工合によっては幅広になったり、厚くなったりして、仕舞にはやわらかい餅を見ている様な気がした。

やっと曲が終わって、大変な喝采が起こったが、演奏家は仕舞の方の調子がまだ身体に残っているると見えて、一番小さく縮まったなりで楽屋の方へ行こうとしたけれど、ヴァイオリンが風流な瓢簞の様に曲がっていて、引きずればますます伸びるらしいので困っている様であった。そこへ聴衆が激しい拍手を送るので、演奏家は一生懸命にヴァイオリンをもちなおそうとしている。小さいなりにその手の指が一本一本はっきり見え、指から手の甲へかけて、真黒な毛がふさふさと生えているのが遠くからありありと見えた。

天王寺の妖霊星

天王寺の
天王寺の
妖霊星を見ばや見ばや

○

義太夫が押さえた陰気な調子で歌う。三味線弾きは腰が抜けた様な平ったい姿勢で太棹を鳴らす。

舞台の真中の座敷に、時の執権北条高時が威張っていると、さっと一陣の風が吹き渡り、辺りが急に薄暗くなった。

座敷の前面の柱をするすると何か伝って降りて来た。猿かと思ったら小さな天狗である。前面の向う側の柱からも降りて来た。

その中の一匹が足を挙げて、威張っている高時を蹴倒す。高時はわけもなく横にころりところがる。横に倒れた高時を天狗が蹴飛ばしたら、高時は倒れた儘《まま》ころころと向うの方へ反転して行った。

すると向うの柱から降りた天狗が、そのころがっている高時を又足で蹴飛ばす。高時は逆の方向へころがって行く。そうしてもとの所までころがると、初めの天狗が又蹴飛ばす。両側の天狗に蹴られ、蹴戻され、その間を高時は何度でもころころ転がって輾転反側《てんてんはんそく》する。よく解らないけれど、そうしてころころ転がって行ったり来たりするのは、寝た姿勢で舞踊をしているのと同じ事で、大変六《む》ずかしいのだろうと思われる。

その芝居を私が観た時の高時は、先代と云うのか初代と云うのか、はっきりしないが市村羽左衛門であった。こうして芝居の話を書いているけれど、私は芝居はよく知らないので、言い方、用語など間違っているかも知れない。観ている場所はオリュムポス、所謂《いわゆる》天井桟敷であって、舞台から遠いから、はっきりしない点もあるが、又余り近くで観るよりは縹渺《ひょうびょう》とした趣きもある。

羽左衛門は目鼻の刻みのはっきりした役者で、鼻は高く目は切れが長く、瞼《まぶた》を閉じたり開けたりする度《たび》に、活き人形の様にカチカチと音がするかと思われる。その羽左衛門の高時が、遥か向うの遠くの舞台で、ころころ転がっているのを、オリュムポスから観ていた。

暫らくすると、何かのはずみで天狗共は高時を蹴るのをさっと止め、もと降りて来た柱をするすると登って消えてしまった。

忽《たちま》ち高時は起きなおり、大きな目を剝き、大音声《だいおんじょう》で近習を呼び立てた。

あわてた近習が、抜き身をひっさげて馳《か》けつける。高時が声をいからして何かわめき立てた。その時舞台の後方、天井裏のあたりで、あッはッはッと云う天狗の笑い声が聞こえる。

近習が、おや、この足あとは、とそこいらを這い廻っていぶかっている。

○

私が琴に夢中になっている当時、だからその時分は大分手も上がっていい音がしたが、自分の腕前に酔って、のぼせていた様である。

光崎撿挍《けんぎょう》作の「五段砧《ぎぬた》」は手事の八釜《やかま》しい生田流の中でも屈指の難曲であって、どうにか弾ける様になっても、一爪ずつの音をはっきり出すのは六《む》ずかしい。それが自分はこの通りうまく弾ける様になったと自分で感心していた。

しかし「五段碪」は独奏曲ではない。丸っ切り調子の違ったもう一つ別の「五段碪」と非常にこまかく食い合って、その調和の上に曲が進行する。

或る晩、と云うのはいつの事だか丸っ切りわからないが、独りでいい心持に弾いている内に、何だか工合が違って来た。だれか私に並んでその調子違いの方の「五段碪」を弾いている。

そうなると一層気が張って来る。うまく合って行くのは難有《ありがた》いが、何を、と云う競争心が働いて、今までの様には進行しにくい。

だれが、いつ、どこから来て、琴を並べ、私とせり合って弾き出したのかわからない。ただ二面が合って、喰い合って、からみ合って曲が進行するだけが念願であって、その外の事は気にもしないし、気にする余裕もなかったが、何かのはずみでちらりとそちらを見たら、隣りは坐った後ろに尻尾の様な物が出ている。

おかしなと思い掛けたけれど、気が散れば手がお留守になってつまずいてしまう。

一生懸命に弾き進めて行く内に、五段の中でも最も六ずかしい箇所へ差し掛かった。

緊褌《きんこん》一番、気を引き締めて、隣りの相手に負けない様に努めたが、冷や汗が出て、全身の力が抜けて、目の先が暗くなる思いであった。

やっとそこを通り過ぎたと思うと、急に身のまわりがらくになって、何かひろびろとした様である。さっき迄いた隣りの相手はもういない。琴もない。弾き始めの時と同じく私一人である。

後で自分の琴を片づけ、立て掛けようと思って起《た》ち上がると、そこいらに砂や泥が散らばっていた。

東京日記　その十二

家の者がみんな出かけた後で、私は自分の部屋に箏《そう》を出して、「五段砧《ぎぬた》」を弾いていたが、外はもう暗くなっているのに、合羽《かっぱ》坂の方から上がって来る人の足音が絶えないので、気が落ちつかなかった。部屋が往来に近い為に外の物音が箏の面に伝わって、いくら弾いても箏の音が纏《まと》まらぬ様な気がした。

暫らくやっていたけれど、どうしてもいつもの様に鳴らないので、その箏は柱《じ》を立てて調子を取ったまま横へ押しやって、もう一つの長磯の箏を取り出して、その方を弾いて見た。次第に音が纏まって来る様に思われたが、今度はうまく手が廻らないので、じれったくなった。いくらあせっても、いつもの様な調子に行かないので、少し弾いては、又後戻りをした。

一寸《ちょっと》箏の音が切れると、表の足音が耳に立って、気がかりで堪《たま》らなかった。それから又気を変えて弾いている内に、段段うまく行く様であった。いつもどうしても引っかかる所もすらすらと通って、そこから先は急に箏が鳴り出した。夢中になって弾いていて気がついて見ると、私の弾いている本手の間に、ちゃんと替手が這入《はい》って鳴っている。変だと思って傍を見たら、さっき私の弾き捨てた箏に知らない人が坐って、一心に弾いている。私がそっちに気を取られて、手の方がお留守になりかけると、そっちの箏の音も曖昧になる様に思われた。

その人が箏の手を止めないで、静かな声で云った。

「さあ、止めないで先へ行きましょう」

「どうも有り難う。あなたはだれですか」

「私は今坂の下から上がって来たのですが、それよりも、あの調子の変わる所の前が、うまく合いませんね」

「あすこは私一人でやっても間《ま》が取れないのです」

「もう一度あそこからやって見ましょうか」

「お願いします」

「あっと、もうそれでは駄目だ」

「あれ、その箏はこちらと同じ調子になっていませんでしたか知ら」

「ええ、ええ、それはもうさっき直しました。さあそれでは、もう一度あそこから」

それで弾き直して、すっかりうまく行ったので、その後何度も何度もやって貰った。身内が熱くなる様ないい気持で、酒に酔っ払った時とちっとも違わない。あんまり弾き過ぎて、疲れて眠くなったから、箏の前に横になった。

うつらうつらして聞くと、表の足音が次第に一緒になって、地面を低く風が吹いているらしい。

急に家の者の仰山な声で目を覚ましたが、何だか私の部屋を出たり這入ったりして、あわてている。

「まあどうしたんでしょう。ちょいとここを御覧なさい。ほらそのお箏のまわりは泥だらけじゃありませんか」と云った。

鶄

小石川の高田老松町四十三番地にいたのは、今から二十年昔である。当時の思索で私は赤穂浪士の執った行動を不都合であると判断した。秩序の破壊と復讐とが気に入らなかった様である。

そう云う事で友人と議論したり、又家の者に私の意見を強いたりした。某家を弔問するため、芝車町に行く途中、はからずも泉岳寺の前を通って、見たくもないお寺を見たのは残念だと云う様な感想を当時の日記帖に誌《しる》している。

その弔問の事に就いて、古い日記帖の文章を百鬼園随筆の中に収録したところが、途中の叙述の間に赤穂浪士の事が出て来るので、そう云う怪《け》しからん事を考える著者の本は、今後読んでやらないと云う投書が版元の本屋に来たり、私にも直接にその説明をもとめると云う手紙が舞い込んだりした。

先日来私は最近に上木する「百鬼園日記帖」の原稿整理をした。その中にまた右の一件が出て来るのである。しかも原文のまま採録するとなると、百鬼園随筆所載のものよりも一層激しい文辞を用いているので、煩わしい事が起こるかも知れない。面倒だから字を伏せてしまおうかなどと今考えている。

老松町のその家に夏を迎えて、ある日の夕方、私と妻と、まだ小さかった子供をつれて、江戸川橋の際の寄席に出かけた。田舎から老人達を呼び寄せない前なので、後に留守居する者もないから、家じゅうの戸締りをして出かけた。長年飼い馴らしている鵯《ひよどり》の大きな鳥籠は、風通しをよくしてやる為に玄関の三和土《たたき》の上に下ろしてあったのを、その儘《まま》にして出かけた。上り口の履脱《くつぬぎ》のところに、開けたての出来る細長い戸がついていた。そこを開けておくと、床下を吹き抜ける風が通うのである。私共はその小さな戸を閉めるのを忘れて寄席に行った。

面白い話を聞いて帰って、玄関を開けたら、電燈に照らし出された三和土の上には血が流れて、腰壁にも血の繁吹《しぶき》が飛んでいる。籠はもと置いたところから少し動いて斜《はす》に向き、その中に鵯が首を千切られて胴体にぶらぶらにつながった儘、羽根を散らして死んでいた。三和土の乾いたところに、血を踏んだ獣の足跡が点点とつづいて履脱の戸から床下に消えているのを見て、私はすぐに猫の跡を追ってその穴から這《は》い込みたい様な気がした。

座敷の庭に廻り、縁の下から床下を覗いて見た。真暗な奥に、青い炎の様な猫の眼が光って消えたかと思ったけれど、よく解らなかった。

夜通し見覚えのある野良猫の顔が目先にちらついた。蒸し暑くて、寝苦しいから度度眼をさました。その度に私は起き上がって、猫を追跡したい様な、せかせかした気持がした。

翌朝《よくあさ》私は起きるとすぐ物干竿を舁《かつ》ぎ出して、その尖《さき》に出刃庖丁を縄で括《くく》りつけた。

「何をなさるのです」と妻がきいた。

「猫を突き殺す」と答えて、私はその竿を抱いて縁の下に這い込んだ。

床下の地面に朝の光が射し込んで、大きな土の塊りや、風で吹き込んだらしい反古紙《ほごがみ》の向う側に、荒い陰が険しく流れている。奥の方は薄暗くなって、よく見えないけれども、猫が動けば必ず見究める、今この床下にいなくても、きっと通るに違いないから、それまで待っていると私は一人で息をはずませた。蹲踞《しやが》んで胸を押さえているので、段段苦しくなって来た。しかし私は竿の先に鈍く光っている庖丁の刃を見つめて、動かなかった。

頭の上に妻の歩く足音が響いた。

「あれあれ、お父さんは縁の下に這い込んで仕舞われた」と云った。子供を抱いている様な気配であった。「仇打ちの悪口ばかり云うくせに、今日はお父さんが仇打ちで、猫を殺すんですって、おお怖《こわ》、おお怖《こわ》」

そう云って足拍子を取りながら、何処か向うの方に行ってしまった。

梅雨韻

座敷に坐って、何か考えていると、膝の下の床下で、猫が動いた様に思われた。

それから暫らくすると、変な、かすれた声で、けえ、けえと鳴いた様な気がした。

ふらふらと起《た》ち上がり、庭に下りて、縁の下を覗いて見たら、矢《や》っ張《ぱ》り猫で、子供が三匹いるらしい。私の姿を見て、きっとなり、身構えしている気配である。薄暗いところで、まん丸い眼を紫色に光らし、咽喉の奥かどこかで、ふわぁと云うのが、小さな声の癖に何となく物物しかった。

親猫がいないので、腹がへったのかも知れないと思ったから、魚の骨を持って来てやったところが、子猫は私の影を見ると、また急に眼を光らし出した。三匹とも脊を低くして、顔を上げ、それから背中を高くして、へんな声をしている内に、いきなり前脚をあげて、立ち向から様な風をした。

魚の骨を投げ出して、座敷に帰り、もとの所に坐って見ると、動悸がはげしく打っている。段段胸の中がわくわくして来て、ほうって置かれない様に思われ出した。

もう一度庭に下りて、縁の下に這《は》い込《こ》み、三匹ともつまみ出して、坂の下の空地に捨てて来た。

雨ばかり降りつづいて、朝だか晩だかわからなかった。知らない人が訪ねて来て、世間話をいつまでもした。

「時に」とその客が云った。「おからだの方は、如何《いかが》ですか」

「相変らずです。まあ半病人で、鬱鬱と暮らして居ります」

「段段お顔が大きくおなりの様ですね」

「重ぼったくて困ります。病気の所為《せい》ばかりでもありますまい」

客の眼が、きらりと光った様だった。

間もなくその客がいなくなって、雲がかぶさったなりに、雨も降り止んだ。家のまわりが白けた様に、よどんでいる。いつかの猫が大きくなって帰って来た。二匹しかいなかった。庭に廻って、縁の下に這い込みそうだったから、私は縁側から飛び下りて、その横腹を蹴飛ばした。二匹とも、ぎゅうと云って、くたばりそうにしながら、まだそこいらを這い廻っているから、頸を摘まんで、両手に一匹ずつぶら下げて、空地に捨てて来た。大きさは親猫ぐらいだったけれど、非常に軽くて、手ごたえがない様であった。

又雨が降っている。夜通し天井裏に雨漏りがしていた。

どこかで芭蕉布の暖簾《のれん》が、雨風にあおられて、ばたばたと振れている様だった。その間から、恐ろしく色の白い顔が、覗いたり隠れたりした。何の顔だか解らなかった。

頼みもしないのに、大工がやって来て、庭の板塀を直している。金鎚でかんかん敲《たた》くので、八釜《やかま》しくて堪《たま》らない。その響きで、庭樹の枝から、芋虫がみんな振い落とされて、勝手な方に這い出した。大きいのは空気枕ぐらいもあり、目があって、こちらを見ながら、少しずつ動いている。私は身体が硬張《こわば》って、呼吸が苦しくなって来た。

風が吹き止んで、辺りが、しんしんと静まり返った。矢張《やは》り雲をかぶった儘《まま》に雨が上がって、軒の下が妙なふうに白けている。庇《ひさし》の裏に地面の影が映って、浪が動くように揺れている。目先がくらくらするように思われ出した。

急に恐ろしい気配がするので、私は慌てて起ち上がり、表の戸を開けて、外に出ようとしたら、出会いがしらに、大きな白い物が、目の前に起ちふさがった。牛ぐらいもある大きな猫が、私の身体を押しのけて、家の中に這い込み、私が倒れた拍子に、胸の上を踏《ふ》みつけて、縁の下の方に行こうとしている。

竿の音

　夕方から寒い風が吹き出して家のまわりががたがたと鳴った。夜が更《ふ》けるに従い吹きつのる様であった。眠っていても色色の物音が耳について、夢だかうつつだか、けじめが解らない。寝ている襟もとから脊筋に冷たい風が通ったと思ったら目がさめてしまった。寝返りすると布団の中に風が這入《はい》って寒くなった。洗い晒した手拭浴衣の寝巻の袖は短かく前もよく合わない。腕をかくし身体をちぢめて寒い寒いと思った拍子に百日余り前の夜半の暑かった事を思い出した。

　夏の晩は郷里の仕来《しきた》りにならい布団の上に花蓙《はなござ》を敷いて寝る。冷たい藺《い》が肌に触れて涼しい。しかし寝苦しい夜は輾転《てんてん》する内に蓙の表が一面に温《ぬく》まってしまう。或る夜あまり蒸し暑くて寝ながら団扇《うちわ》の手を休める事が出来ない。眠ると団扇を取り落とす。あわてて取り上げて又はたはたと動かすけれど、次第に疲れて熱い霧の中に落ち込む様な気持でうつらうつらする。顎からたれる汗のしずくが花蓙に落ちて音がした。寝ぼけた耳に大変な物音に聞こえて、はっとした。目がさめて見ると頸も胸も洗った様な汗である。夜明けが近い筈《はず》なのに段段暑くなる様であった。

枕許《まくらもと》の窓の外にある目隠しの板屏の上を猫が伝っている気配がする。窓は開けてあるので、聞こえもしない猫の足音がすぐに枕に響く様な気がする。一匹かと思ったら二匹いる。いつの間にか団扇の手を止めてその方に耳を澄ました。しんと静まり返った中からいきなりいやな鳴き声がした。がりがりと板屏を掻く爪の音と同時に、一匹の方が地面に落ちたらしい。その物音と一緒に「畜生ッ」と云ったのがはっきり聞こえた。突き落とされた猫が云ったに違いない。私は起き直って又はたはたと団扇を使った。それっきり辺りに物音一つしなくなった。

今年の夏はあんまり暑かったので、そう云う晩もあったのであろう。今、夜寒の布団に首をちぢめて暗い風に枯枝のすれ合う音を聞きながら季節の移り変りに容赦のない事を思う。目が冴えて身内が寒くなって来た。起き出して、取って置きの甘酒の罎《びん》をすかして見たらまだ茶椀に一杯ぐらい残っている。それを沸かして吹きながら啜《すす》っていると、さわさわと云う風の音が通り過ぎて、一寸《ちよつと》の間静かになった。その時隣りの家の裏で長い竹竿が倒れたらしい。屏をこする微かな物音がしたと思ったら、ぴしゃんとたたきの上に落ちた竹が鳴った。私はびっくりして甘酒の茶椀を取り落とすところであった。

猫が口を利いた

足の片方が悪い。うまく使う事が出来ないので、その為全身に影響してからだを思う様に動かす事が困難である。結局年がら年じゅう寝たままと云う事になる。

その寝た儘《まま》の寝床に猫がいて、別に邪魔でもないが、何かしている内に、猫が姿勢を硬直させた。こちらの経験で、猫は小便をしようとしているのだと云う事がわかる。困った事だと思う内に果たして、ジャアと小便をしてしまった。

これは実に困るので、こちらのからだは思う様に動かないし、そこいらが濡れてしまって、どうしていいかわからない。枕もと、寝床のわきには、ちり紙がたくさんに用意してある。猫が小便するかと思って備えたわけではないが、寝たままでいれば何かと紙のいる事が多い。

そのちり紙を取り出して、猫の不始末の後始末をする。いくら重ねて拭いてもまだ足りない。

ちり紙もいろいろ有るが、そう云う風に使う紙は、家内があらかじめそろえて、切って用意してくれている。その紙の切れ端、始末の悪い千切れ端などで、猫の不始末を処理しようと思うけれど、中中うまく行かない。紙が足りない。こちらは寝たままの仕事なのでじれったい。

しようがないな

とつぶやいたら、足の方で何か云った様な気がする。

おや

と思った途端、頭から水をかぶった様な気がした。

こらッ、何か言ったか

言ったよ

コン畜生め、と思えども、こわくて堪《たま》らない。どうしていいか、わからない。猫が私の足もとで、口を利き出した。

「言ったよ。どうしたと云うんだ」

「何を言ったか」

「騒いだって仕様がない。手際よく始末しておけ。ダナさん」

猫は足もとで、もそもそ動いている。

猫の云う事は割りにはっきりしていて、何となく聞き覚えがある様な調子である。

「脚がわるいと云って、こうして寝てばかりいれば、いつ迄たってもなおるわけはないよ
ダナさん。人の言う事を聞いて、なおす様に心掛けて、歩け出したら外へ出掛けなさい、昔の様に」

気分が悪くて堪らないので、寝た姿勢の片手をあげて、シャムパンを飲もうとした。そのシャムパン・コップを持った私の手を猫が、例の猫の手の柔らかい手先で、いやと云う程強く引っぱたいたから、さっきの小便ではなく、又そこいらが一《いっ》ぱいに濡れてしまった。

「何をする」

「猫じゃ猫じゃとおしゃますからは」

「どうすると云うのだ」

「ダナさんや、遊ぶのだったら、里《さと》で遊びなさいネ」

「どこへ行くのか」

「アレあんな事云ってる。キャバレやカフェで、でれでれしてたら、コクテールのコップ

など、いくらでも猫の手ではたき落としてしまう。ダナさんわかったか」

東京日記　その二十

湯島の切通しに隧道《すいどう》が出来て、春日町《かすがちょう》の交叉点へ抜けられると云う話なので、その穴へ這《は》入《い》って見たが、全くいい思いつきだと思うのは、以前まだ人力車が盛んであった当時、私はよく本郷から小石川へ帰るのに俥《くるま》に乗ったが、本郷真砂町《まさごちょう》から春日町の谷底へ下りるのに、俥屋があぶなかしい足取りで、俥の辷《すべ》るのを防ぎながらやっと長い坂を下りて、それから又今度はその谷底から、伝通院《でんづういん》の側の富坂《とみさか》の急な坂道を、息を切らして、はあはあ云いながら上って行く。大変な苦労で俥に乗っていても気が気でないが、仮りに上り下りの苦しさは別にして考えても、距離から云って所謂《いわゆる》三角形の二辺と云う事になり、もし真砂町から富坂上へかけて空中線を引く事にすれば、その線が一番近い一線である。空中線を陸橋で結べばいいので、そうなれば俥屋もらくになるし、俥屋よりもっと重い荷車を挽いている人夫はなおの事、助かるだろう。何故そう云う陸橋を架けないのかと考えていたが、この頃になって、四谷塩町《よつやしおちょう》と市ヶ谷合羽坂《かっぱ》との間にそう云う橋が出来るそうである。しかしそれより高台の底に横穴を掘って、向うの低地へ結びつけると云うのは一層いい考えである。まだ日がかんかん照っている日なかに、私は湯島天神の下からその穴に這入って行ったが、入口は狭くて窮屈であったけれど、暫らく行くと、暗がりが広がって来た。愛宕山《あたごやま》の隧道などと違って、穴の向うの出口が見えると云う様な小さい穴でないから、一《いっ》たん這入ったら、一応穴の中の気持にならなければならない。

湯島の穴には電燈がつけてないので、外から見れば暗いけれど、中に這入ると外とは違った明かりがある。入口に近いところは外から射し込む日光で、足許《あしもと》に不自由する事もないが、暫らく行くと、その光りは消えて辺りに別の明かりが射している。一体に穴の中は真暗なのだが、そこいらにある物が何でも自分で光っているので、それで明かりが十分に取れる。道端の水溜りに大きな金魚がいくつも泳いでいたが、金魚の姿から色合い、鱗の筋までもはっきりと見えるのは、水の外からの明かりに照らされているのでなく、金魚が一匹ずつ光っているのであった。そう云えば、水にも明かりがあって、水は水らしく薄い光りをそこいらに流している。

奥の方へ這入って行くと次第に辺りが広くなって、茶店を出している所へ来たから、そこで休んだが、お茶を汲んで来た娘は美しく愛嬌があって、それに顔や手が自分で明かりを持っているのだから、なおの事あでやかに思われた。茶椀も光っているし、菓子皿にも明かりがある。しかし、そう云う物がぴかぴかと鋭く輝いているのではなくて、ただその物のあると云う事が解るだけの明かりを持っているのだから、見ている目が労《つか》れると云う事はない。

茶店の先に広場があって、植え込みになっていて、外で云えば町中の小公園と云う様なところらしいから、行って見たが、樹の枝にも葉っぱにも、それぞれの明かりがあって、地上の景色よりは美しく思われた。小鳥も光りのかけらの様に飛び廻っているし、噴水の水は花火の様であった。

方方を歩き廻ったが、春日町へ出るのはどちらへ行けばいいのか解らないので、少し心配になって来た。だれかに聞きたいと思ったけれど、生憎《あいにく》辺りに人もいなかったし、空と云うものがないので、私の様な馴れない者には方角がわからない。その内に段段辺りが広がって、穴の中の取り止めがつかなくなり出した。気がついて見ると、私の手や足もうっすらした明かりを湛《たた》えて光り出した。

本書は『新輯 内田百閒全集』(福武書店)を底本とし、適宜初版本を参照した。

底本は旧字・旧仮名づかいだが、本書の表記は原則、新字・新仮名づかいとした。

一部、今日の観点からみるとふさわしくない語句・表現が用いられているが、作品の時代的背景と文学的価値に鑑み、そのまま掲載することとした。

収録作品初出一覧

百鬼園日記帖　二十三（大正六年九月二十四日の八）『百鬼園日記帖』三笠書房／昭和十年四月
冥途「東亜之光」大正六年一月号／「新小説」大正十年一月号
夜道「国鉄情報」昭和二十二年四月三十日号
百鬼園日記帖　二十八（大正六年九月二十七日）『百鬼園日記帖』三笠書房／昭和十年四月
三代「東京朝日新聞」昭和十一年八月六日
東京日記　その二十三「改造」昭和十三年一月号
東京日記　その十一の上「改造」昭和十三年一月号
東京日記　その十一の下「改造」昭和十三年一月号
東京日記　その二十一「改造」昭和十三年一月号
東京日記　その四「改造」昭和十三年一月号
大尉殺し「女性」昭和二年六月号
虎「東京日日新聞」昭和十二年一月一日
虎の毛　初出不詳（名古屋新聞か?）『丘の橋』新潮社／昭和十三年六月
サーカス『百鬼園夜話』湖山社／昭和二十四年六月（語り下ろし）
百鬼園日記帖　四十六（大正六年十一月二十二日）『百鬼園日記帖』三笠書房／昭和十年四月
豹「新小説」大正十年一月号
犬『百鬼園夜話』湖山社／昭和二十四年六月（語り下ろし）
東京日記　その十三「改造」昭和十三年一月号
波頭「女性」大正十四年七月号

北溟　「文藝」昭和十二年一月号
浪　「新風土」昭和十三年七月号
百鬼園日記帖　大正八年七月十二日　『百鬼園日記帖』三笠書房／昭和十年四月
東京日記　その一　「改造」昭和十三年一月号
東京日記　その十　「改造」昭和十三年一月号
事の新古とハレー彗星　「小説新潮」昭和三十九年四月号
箒星　「大阪朝日新聞」昭和十年六月二十三日
南はジャバよ　「アサヒグラフ」昭和十七年四月十五日
塔の雀　「ペン」昭和十一年十月（三笠書房冊子）
十年の身辺　「東京新聞」昭和三十年五月三十日
いたちと喇叭　鼬の道切り　「小説新潮」昭和三十六年七月号
東京日記　その二　「改造」昭和十三年一月号
暗闇　初出不詳　『凸凹道』三笠書房／昭和十年十月
暗所恐怖　暗所恐怖　「小説新潮」昭和四十二年二月号
暗所恐怖　広所恐怖　「小説新潮」昭和四十二年二月号
暗所恐怖　高所恐怖　「小説新潮」昭和四十二年二月号
蚤と雷　「名古屋新聞」昭和十一年七月十一・十二日
雷鳴　「アサヒグラフ」昭和十七年三月二十五日
東京日記　その六　「改造」昭和十三年一月号
藤の花　「文学時代」昭和四年六月号（初出題「酔牛」）
流渦　「女性」昭和三年二月号
東京日記　その八　「改造」昭和十三年一月号

東京日記　その十五　「改造」昭和十三年一月号
女出入　「女性」昭和三年二月号
雪　「文藝春秋」昭和四年三月号
東京日記　その二十二　「改造」昭和十三年一月号
断章　「東炎」昭和十四年三月号
残照　「女性」大正十四年七月号
木霊　「新小説」大正十年五月号
鯉　「女性」昭和二年六月号
烏　「新小説」大正十年七月号
大瑠璃鳥　「大阪朝日新聞」昭和十年六月二十七日
五位鷺　「女性」昭和二年六月号
百鬼園日記帖　十五（大正六年九月十六日）『百鬼園日記帖』三笠書房／昭和十年四月
睡魔　「東京日日新聞」昭和十二年七月二十六日
夢路　「国鉄情報」昭和二十三年十二月十日号
笑顔　「昇天」補遺　「東京朝日新聞」昭和十一年八月五日
東京日記　その五　「改造」昭和十三年一月号
百鬼園日記帖　大正八年三月一日　『百鬼園日記帖』三笠書房／昭和十年四月
百鬼園日記帖　六（大正六年八月五日）『百鬼園日記帖』三笠書房／昭和十年四月
百鬼園日記帖　六十三（大正六年十二月?）『百鬼園日記帖』三笠書房／昭和十年四月
故人の来訪　『百鬼園夜話』湖山社／昭和二十四年六月（語り下ろし）
夢裏　「国鉄情報」昭和二十三年十二月号?（Ｎｏ．８）
草平さんの幽霊　「小説新潮」昭和三十二年五月号

山東京伝　「新小説」大正十年一月号
矮人　「女性」昭和三年二月号
東京日記　その十八　「改造」昭和十三年一月号
四君子　「東京朝日新聞」昭和十二年三月二十三日？（初出題「四君子の交り」）
東京日記　その十九　「改造」昭和十三年一月号
桃葉　「文學」昭和十三年五月号
坂　「文藝春秋」昭和四年三月号
坂の夢　初出不詳　『随筆新雨』小山書店／昭和十二年十月
東京日記　その七　「改造」昭和十三年一月号
東京日記　その三　「改造」昭和十三年一月号
東京日記　その十四　「改造」昭和十三年一月号
百鬼園日記帖　十七（大正六年九月二十四日の二）『百鬼園日記帖』三笠書房／昭和十年四月
横町の葬式　「名古屋新聞」昭和十三年四月二十八日（初出題「横町のお葬い」）
東京日記　その十七　「改造」昭和十三年一月号
峯の狼　「日本海事新聞」昭和十八年七月
風の神　「週刊朝日」昭和八年八月一日号
裏川　小豆洗い　「小説新潮」昭和三十六年六月号
心経　「大法輪」昭和十二年十一月号
百鬼園日記帖　七十九（大正七年八月十二日）『百鬼園日記帖』三笠書房／昭和十年四月
稲荷　初出不詳　『鶴』三笠書房／昭和十年二月
葉蘭　「都新聞」昭和十五年十一月十六日（初出題「狐」）
狸芝居　「時事新報」昭和十年一月五日

光り物　『百鬼園夜話』湖山社／昭和二十四年六月（語り下ろし）
蛍　「東京日日新聞」昭和十二年七月二十五日（初出題「蛍狩り」）
裏川　雄町の蛍狩り　「小説新潮」昭和三十六年六月号
雛祭　「スキート」昭和十七年四月号
柳藻　「新小説」大正十年四月号
銀杏　「女性」昭和三年二月号
東京日記　その九　「改造」昭和十三年一月号
東京日記　その十六　「改造」昭和十三年一月号
天王寺の妖霊星　「小説新潮」昭和四十三年五月号
東京日記　その十二　「改造」昭和十三年一月号
鵯　「女子文苑」昭和十年四月号（初出題「ひよ鳥」）
梅雨韻　初出不詳　『無絃琴』中央公論社／昭和九年十月
竿の音　「スキート」昭和十七年十月号
猫が口を利いた　「小説新潮」昭和四十五年九月号
東京日記　その二十　「改造」昭和十三年一月号

編者解説

ちょうど一年ほど前に平凡社ライブラリーから刊行した『おばけずき　鏡花怪異小品集』が幸いにも好評を博したようで、このほど〈怪異小品〉アンソロジーの続刊を編ませていただくことになった。

これひとえに読者諸賢の御支持の賜物である。篤く御礼申しあげます。

さて、今回の主役は「百鬼園」の別号でも知られる内田百閒である。

こと「怪異小品」の書き手という観点から眺めるならば、百閒は鏡花にもまして斯界の第一人者であり、師・夏目漱石の名品「夢十夜」直系というべきデビュー作品集『冥途』（一九二二年二月、稲門堂書店より刊行）に始まるその内実は、質量ともに近代日本文学史上、一頭地を抜いていると評して過言ではない。

とはいえ、創作と随筆が容易に分かちがたく混在し、ときには日記や紀行文にまで及ぶ百閒流「怪異小品」の全容を一巻で通覧するような試みが、これまでほとんどといってよいほど為されてこなかったことに、かねてより私は隔靴搔痒の感を抱いてきた。

まあ、それも無理からぬところで、一九八〇年代における百閒文学リバイバルの起爆剤となった旺文社文庫版〈内田百閒文集〉から、福武文庫、岩波文庫、そして現在のちくま文庫版〈内田百閒集成〉に至るまで、ここ四十年近く、大半の著作が系統立てて文庫化されてきた百閒だけに、わざわざそこへ屋上屋を架するようなアンソロジーの企画は成り立ちにくかったのだろうと思われる。

そこで今回、私は一計を案じてみた。

近世このかた、怪談には付きものとなっている「百物語」のスタイルで、百鬼園先生の怪異小品集全百篇を編むことにしたのである。

百物語とは、百筋の灯心に明かりを点《とも》した会場で、参会者が夜を徹して怪談奇聞の数々を披露し、一話を語り終えるごとに灯心一筋を消してゆく。やがて百話満了となり会場が真の闇につつまれると、必ずや妖異な出来事が出来する……と伝えられる怪談会の謂《いい》である。

王朝期の「百座法談」と呼ばれる仏教法会に淵源するとも、戦国武将に仕えた「御伽衆《おとぎしゅう》」の退魔呪術に由来するとも、あるいは通夜の風習や武家の子弟の胆試しに端を発するとも、その起源については諸説あるが、江戸時代には粋人の遊びとして大いに流行、一六七七年刊行の『諸国百物語』を皮切りに、書名に「百物語」を冠する怪談集も盛んに出版されている（詳しくは拙著『百物語の怪談史』を御参照いただきたい）。

幕末維新の混乱期には下火となったものの、明治二十年代に入ると文人墨客やジャーナリストら文化人の間で百物語への関心が再燃、ひいてはそれが大正～昭和期における怪奇幻想文学隆盛の呼び水ともなった経緯については、先の『おばけずき　鏡花怪異小品集』の解説中でも詳述したところである。

もっとも当の百鬼園先生はと云うと、みずから百物語怪談会を主催して作品の着想を得ていた泉鏡花とは対照的に、とりたててこの方面に関心を示した形跡はないのだが、あながち無縁というわけでもない。次の一文を、ごらんいただこう。

このほど、内田百閒氏の「冥途」という本を見た。実に面白い本だ。その本がそっくりそのまま当世百物語だ。不思議なチャームのある作品集だ。ただ私にとってはやはり少し古い気がする。といってその感じ方ではない。ただ取材が古いだけで、感じ方はむしろ斬新だ。あんな空気の世界をあれだけに表現する手腕が私にあったら私も今何か面白いものが書けるのだが、どうも我々の筆は理窟にかないすぎていて百物語は書けない。

（佐藤春夫「首くくりの部屋」）

雑誌「中央公論」一九二三年五月号の特集「当世百物語」に掲載され、後に名著『退屈読本』にも収められたこのエッセイは、『冥途』の本質を鋭く見抜いた同時代評として、発表場所である「当世百物語」そのものとは切り離されたところで、しばしば引き合いに出されてきた。そのため後年、たとえば「この『当世百物語』という言葉が、みごとに『冥途』と『旅順入城式』の意義を言い当てていると思われる」などという本末転倒した指摘までなされることにもなったが、それはそれとして、右の指摘を含む高橋英夫の一文（『夢幻系列』所収「夢の系列」）は、『冥途』と百物語の奇縁を論じて秀抜である。右の引用に続く部分を、次に掲げてみよう。

つまり、夢物語や怪異譚というものは、たった一つか二つだけ気紛れに、偶然のように持ち出しても意味がないのであり、本当にそれが夢、幻想、怪異であることを味わうためには、ひたむきにそれをくりかえし、系列化して、何度でも連続して語りつづけなければならないという問題が介在しているのである。百閒はまさにくりかえし夢と怪異を語って「百物語」としたことによって、その本質を鋭く押し出している。

なるほど『冥途』をはじめとする百閒の怪異譚に特有な、一人称単視点に執した「語り」のスタイルには、百物語の場における怪談語りの呼吸と通い合うものが確かにあると、私も思う。とりわけ「黒い土はしとしとと濡れて」とか「何処か遠くで、犬のびょうびょうと吠える声が」とか「何だか頻りに、ことことと小さな音を」（いずれも『冥途』所収の「烏」より）などといった百閒一流の妖気を孕むオノマトペが、夢魔の感触とでも呼びたくなるような怪異の臨場感を醸し出してゆくあたりは、百物語の席における話術の巧みな語り手の名調子を彷彿せしめるだろう。

それればかりではない。

百閒には、百物語の語りの磁場と一脈相通ずるがごとき、異彩を放つ作品もあった。

昭和モダニズムを体現した名雑誌「新青年」の一九三九年九月号に発表された「七体百鬼園」(『菊の雨』所収)である。

百鬼園先生(金融業)、退役陸軍大将フォン・ジャリヴァー(国籍不詳)、哈叭《かつぱ》入道(職業不詳)、土手之都勾当《どてのいちこうとう》(琴の名人)、志道山人(風流人)、志保屋栄造(落ちぶれた旦那)——みずからの異称・別号の類が「百閒」(ただし文中の表記は「百間」。戦前は「閒」ではなく「間」の字が用いられていた)も含めて合計七種類に及ぶことから、「名は者《もの》の初也《はじめなり》と考えると、その七人をちりぢりに、ほうっておくのは宜《よろ》しくない。それでみんなを一堂に集めて、お互いに忌憚のない話をして貰おうかと思う」という趣旨で、「百間」氏の司会のもと、奇妙奇天烈、抱腹絶倒のバーチャルな多重人格座談会が繰りひろげられる。

志道山人「さて、始めると云ったところで、何をどうするのです」

百間「それは私が司会するから、話している内に何とか始末をつけます」

百鬼園「心細い会だね」

土手之都「さっき日が暮れたのに、何だか又外が明かるくなって来たじゃないか」

志道山人「月夜だよ」

土手之都「月夜にしては明かる過ぎる」

志道山人「何でもあなたはそう云う事を云う。月夜が明かる過ぎると云ったところで、それではどの位の明かるさなら納得すると云うあても何もないのだ。土手之都さんは子供の時からそう云う癖がある。だから人にきらわれるのだ」

まさに歓ばしき閑文字ここにあり、といった趣きのノンセンスを極める逸品であった。百鬼園先生の怪異小品群で百物語を編成するという本書の着想もまた、この「七体百鬼園」に触発されて閃いたものであることは申すまでもあるまい。

さて、実際に本書の編纂作業を進めるにあたっては、左記のとおり基本方針を定めた。

- 内田百閒の全文業の中から「怪異小品」の趣きを湛えた作品を、創作、随筆、日記などジャンルの別に関わりなく全百篇採録する。
- 『冥途』表題作の原稿枚数を、小品作品としての上限の目安とする。

・作品の一部を抄録することはしない。ただし「東京日記」のような連作形式の作品は、章ごとに独立した一話として扱う。
・百話通読を前提に、章分けや分類などをせず、連歌・俳諧の付合と同様、モチーフの連なりを重視して作品を配列する。

辞書を引いたりインターネットで検索すれば一目瞭然のように、文芸作品における「小品」の定義は、いたって曖昧にして恣意的であり、四百字詰原稿用紙に換算して何枚から何枚までを小品と定めるなどといった明確な基準は存在しないと云ってよい。

また、小品と混用されがちな「掌篇小説」や「ショートショート」が、異質なジャンルであるのか重なり合う部分があるのかといった点についても、諸説紛々であろう。

私見を申せば、創作と随筆——すなわち虚実が渾然と、凝縮された表現のうちに相なかばするところに小品の妙味と特質があり、それはとりもなおさず、怪談文芸の本質にも直結するのではないか……というのが、当〈怪異小品〉シリーズの眼目なのである。


百閒怪異小品の魅力と特質について語るうえで、やはり今日でも欠かすことのできないのが、三島由紀夫『作家論』所収の百閒論だろう。中央公論社版『日本の文学34　内田百閒・牧野信一・稲垣足穂』の巻末解説として執筆された、卓抜なる百鬼園文学頌ともいうべきこの一文の中で、三島は奇しくも泉鏡花の名を引き合いに出しながら、次のように述べていた。

お化けや幽霊を実際信じていたらしくて、文章の呪術的な力でそれらの影像を喚起することのできた泉鏡花のような作家と、百閒は同じ鬼気を描いても対蹠的な場所にいる。百閒の俳画風な鬼気は、いかにも粗い簡素なタッチで表現されているようでいて、その実、緻密きわまる計算と、名人の碁のような無駄のない的確きわまる言葉の置き方によって、醸し出されているのである。

常識で考えて、お化けや幽霊は、そこに現実の素材として存在するのではない。従ってお化けや幽霊を扱う作家は、現実の素材やまして思想や社会問題によりかかって作品を書くわけではない。彼が信ずべき素材は言葉だけであり、もし言葉が現実を保証しなければ、それは一篇の興味本位の物語になり、いちばん大切な鬼気もあらわれないから、言葉の現実喚起の力の重さと超現実超自然を喚起する力の重さとは、ほとんど同じことを意味することになる。そこに百閒の、現実の事物の絶妙のデッサン力と、鬼気の表出との、表裏一体をなす天才が見られ、それがすべて言葉ひとつにかかっていることを考えれば、鏡花のように豊富な言葉の想像力に思うさま身を委ねた作家と、百閒のような一語一語に警戒心を怠らぬしたたかな作家と、どちらが本当の意味で「言葉を信じて」いるか軽々に言えないのである。

すでに『おばけずき　鏡花怪異小品集』をお読みになった向きであれば、こと小品に関するかぎり、鏡花もまた細心緻密に言葉を選び、「凝集した幻視のきらめき」(川村二郎)を掬い取る作家であったことを御承知だろうが、とはいえ、三島による分かりやすい対比論法が、両作家の特質を鮮やかに浮かび上がらせていることには異論の余地があるまい。

注目すべきは、右の一節に続けて三島が、百閒の天才的な怪異表出技法の実例として「東京日記」を取りあげ、作品に即して具体的にその秘鑰《ひやく》に肉薄している点だ。

「東京日記」を「一面から見れば百閒の正確緻密な観察力に基づいたドローイングの集成でもあり、一面から見れば一つ一つが鬼気を生ずるオチを持った幻想的小品の集成でもある、という無類の作品」「異常事、天変地異、怪異を描きながら、その筆致はつねに沈着であり、どこかにきちんと日常性が確保されているから、なお怖い」と、言葉を尽くして絶讃する三島は、同作の「その一」を例に挙げて、次のように同業者ならではの犀利な分析を加えているのである。

「私の乗った電車が三宅坂を降りて来て、日比谷の交叉点に停まると、車掌が故障だからみんな降りてくれと云った」

そこまではよくあることだ。しかし、大粒の雨、無風、ぼやぼやと温かい空気、時ならぬ暗さ、という設定の裡に、

「雨がひどく降っているのだけれど、何となく落ちて来る滴に締まりがない様で……」

という一行に来ると、この「何となく落ちて来る滴に締まりがない様で」という、故意にあいまいにされた、故意に持って廻られた言葉づかいによって、われわれはもう百閒のペースへ引き入れられてしまうのである。この一行は、一方から見ると、単なる現実の雨の感覚的描写のようでもあり、他方から見ると、異常事の予兆のようでもあるから、この一行がいわば、現実と超現実の間の橋をなしているのである。百閒はこうしてまず読者の神経を攪乱しておいてから名人芸の料理にとりかかる。次のパラグラフでは、お濠の水の

白光と異常が語られ、「何だか足許がふらふらする様な気持になった」と、きわめて日常的表現で、こちら側の感覚の混乱が語られる。

読者はここまで来ればもう、更に次のパラグラフで、お濠の中から白光りのする水が一つの塊りになって揺れ出す異常事を、テレビのニュースを見るように、如実に見てしまうのである。

一節一節の漸層法。ついに「牛の胴体よりもっと大きな鰻が上がって来」て、交叉点を通りすぎようとするとき、

「辺りは真暗になって、水面の白光りも消え去り、信号燈の青と赤が、大きな鰻の濡れた胴体をぎらぎらと照らした」

という見事な感覚の頂点へ連れて行かれる。

一篇一篇がこの調子で磨き抜かれ、時には「その二十一」のような洒落たコントにもなる。E・T・A・ホフマンの短篇と、「その十六」との比較なども興味があるが、私にはいまだに怖いのは「その六」のトンカツ屋の挿話である。

最後に本書の構成について一言しておきたい。

編者は過去に『文藝百物語』や『女たちの怪談百物語』など、実際に作家たちによる怪談会をオールナイトで催行し収録編纂した百物語ドキュメント本を手がけた経験がある。

二十話、五十話、七十話と話数が重なり、夜が深まり、百物語の座が白熱の度を増すにつれて、「そういえば、私にもこんな話が……」と、最前の語り手の話に記憶を触発されたかのようにして、それまで忘れ果てていた怪異を芋づる式に思い出し、おもむろに語り出す参会者が増えてくる傾向が認められるのが、たいそう興味深かった。

しかも、そんな話に限って、とびきり怖かったりするのである。

このアンソロジーにおいても、そうしたリアル百物語の臨場感を念頭に置いて、作品と作品との繋がりを勘案し配置するように心がけた。

もとより一冊の書物を読者諸賢が、どこからどのようにお読みになろうと一向に差し支えないわけだが、本書に限って云えば、巻頭の一篇から順を追ってお読みいただくことで、編者が企図した効果と百鬼園怪異談の醍醐味を、十全に味わっていただけるのではないかと思っている。

あるいはまた、ひと晩で全百話を通読し、バーチャルな百物語気分に浸るのも一興であろう（ただし百話満了時にいかなる怪異に遭遇されようとも、編者ならびに編集部は責任を負いません、自己責任にてお願いいたします)。

今回も編集作業全般にわたり、平凡社編集部の坂田修治さんに、ひとかたならずお世話になった。

そして『おばけずき』に続いてカバー装画を御担当いただいた中川学さんには、「東京日記」をモチーフに、なんとも魅惑的な(そして怪談愛のみならず怪獣愛をも掻きたててやまない!?)幻妖の光景を描き下ろしていただいた。ともに記して謝意を表する次第である。

二〇一三年五月

東　雅夫

平凡社ライブラリー　789

百《ひゃっ》鬼《き》園《えん》百《ひゃく》物《もの》語《がたり》

百閒怪異小品集

発行日…………2013年6月10日　初版第1刷
2022年7月16日　初版第5刷

著者……………内田百閒

編者……………東雅夫

発行者…………下中美都

発行所…………株式会社平凡社
〒101-0051　東京都千代田区神田神保町3-29
電話　東京(03)3230-6579[編集]
東京(03)3230-6573[営業]
振替　00180-0-29639

印刷・製本 ……藤原印刷株式会社

D T P …………藤原印刷株式会社

装幀……………中垣信夫

ISBN978-4-582-76789-6

NDC 分類番号913.6

B 6 変型判（16.0cm）　総ページ368

平凡社ホームページ　https://www.heibonsha.co.jp/

落丁・乱丁本のお取り替えは小社読者サービス係まで
直接お送りください（送料、小社負担）。